生活轻哲学

战斗的植物

たたかう植物 仁義なき生存戦略

〔日〕稻垣荣洋 著

陈林俊 译

人民文学出版社
PEOPLE'S LITERATURE PUBLISHING HOUSE

著作权合同登记：图字01-2018-5443号

Original Japanese title: TATAKAU SHOKUBUTU
Copyright © Hidehiro Inagaki 2015
Japanese paperback edition published by Chikumashobo Ltd.
Simplified Chinese translation rights arranged with Chikumashobo Ltd.
through The English Agency(Japan) Ltd.

图书在版编目（CIP）数据

战斗的植物 / (日)稻垣荣洋著；陈林俊译. —北京：人
民文学出版社，2020
　　（"生活轻哲学"书系）
　　ISBN 978-7-02-014995-7

　　Ⅰ．①战…　Ⅱ．①稻…　②陈…　Ⅲ．①散文集 – 日
本 – 现代　Ⅳ．①I313.65

中国版本图书馆CIP数据核字（2019）第016653号

责任编辑　甘　慧　王皎娇　王晓星
装帧设计　钱　珺

出版发行　人民文学出版社
社　　址　北京市朝内大街166号
邮政编码　100705
网　　址　http://www.rw-cn.com

印　　制　宁波市大港印务有限公司
经　　销　全国新华书店等

字　　数　86千字
开　　本　850×1168毫米　1/32
印　　张　6.125
版　　次　2020年5月北京第1版
印　　次　2020年5月第1次印刷

书　　号　978-7-02-014995-7
定　　价　39.00元

如有印装质量问题，请与本社图书销售中心调换。电话：010-65233595

目录

第一回合　植物VS植物

榕树

激烈的竞争社会

看到植物时，我们往往会感到很舒服。

树木朝着太阳伸展开枝叶，花草绽放着美丽的花朵。有时候，人们会向往这些植物的生活方式。古往今来的圣贤们，都希望能如植物般宁静生活。

植物的世界，看起来像是没有争斗的和平世界。但是，真是这样的吗？这么问也许显得有些煞风景，但很遗憾的是，事实完全不如我们所愿。

自然界的法则是弱肉强食、适者生存，植物的世界也毫不例外。

确实，与我们动物类相比，植物的世界看起来好像没什么争斗。

动物以捕食其他动物或食用植物为生，有时候还会磨牙抵角，互相搏斗。与此相对，植物不需要杀死其他生物就能生存。只要有阳光、水与泥土，它们就能生存下去。

但是，换句话说，植物也必须有阳光、水与泥土，才能活下去。因此，为了阳光、水分、泥土等资源，植物之间也进行着激烈的斗争。植物不断地向更高处伸展，让枝叶繁茂，都是为了尽可能比其他植物更好地晒到太阳。如果在生长的竞争中失败，落到了其他植物的阴影里，那将无法进行光合作用。

在泥土中看不见的地方，还上演着更为激烈的战斗。为了吸收水分与养分，植物把根盘扎在泥土中。当然，其他植物也会如此。于是，为了争夺泥土中有限的水源与养分，它们寸步不让。

看似温和的植物，其实也在进行着激烈的斗争。这可能会让人感到失望，但这才是真实的自然界。

为了更多的阳光

最为激烈的，就是围绕阳光的竞争吧。毕竟，如果没有阳光，植物是无法生存下去的。

为了晒到更多的阳光，植物竞相伸展枝叶，但其他植物同样也会展开枝叶去争取阳光。因此，要想晒到阳光，必须将叶子伸到比周边植物更高的位置，但周边的植物也会如此。就这样，植物相互竞争着向更高处生长。

但是，想要长得比其他植物更高，绝不是一件容易的事，因为每棵植物都在努力地往上生长。每棵植物都将生长发挥到极限，结果最终半斤八两，大家看起来都差不多高。这被称为"等高现象"。

随着枝叶向上伸展，好不容易长出的叶子会从下方开始逐渐照不到阳光。于是，植物下方的叶子失去存在意义，凋落下来。这样就形成了树叶只在植物上方茂密的现象。

我们进入森林后，会发现枝叶只在上方繁茂，就像是个屋顶覆盖在上面一样。这是由于树木下方无法照到阳光，树叶都已脱落。

这种叶子集聚在植物上部的形态，被称为"树冠"或是"草冠"。

在森林里面仰望树冠时，我们会发现，形形色色的树叶参差组合在一起，如拼图般地织成了树冠。为了阳光，植物互相争夺空间，最终形成了森林。

牵牛花观察日记

在孩子们的暑期观察日记中，最常见的就是牵牛花了吧。

根据孩子们的观察日记，牵牛花种子播下之后，最先长出嫩嫩的双叶，接着长出一片本叶。到这里还比较简单，接下来就不好记录了。牵牛花不断长出叶子，迅速地往上伸展藤蔓。记日记时稍稍有些偷懒，藤蔓就会长得比孩子还高了。只要支架足够长，牵牛花不久就会长到屋顶。牵牛花长得非常快，一眨眼就会爬到屋顶。这是由于牵牛花是通过藤蔓进行生长的藤蔓植物。

一般的植物都需要依靠自己的根茎站立，只有根茎结实才能顺利成长。但是，依靠藤蔓生长的藤蔓植物可以依附在其他植物身上生长，不需要用自己的力量站立起来。由于它们不需要使根茎结实苗壮，可以将节省下来的能量用于往上生长，因此，藤蔓植物可以在较短时间内获得迅速的生长。

植物之间竞争的胜负取决于速度。如何尽快地实现生长是成功的关键。如果可以率先长高，就可以占有广阔的空间，尽情享受阳光。相反，如果在生长中落于人后，被其他植物遮挡住了，那将无法获得充足的阳光。如果总是屈居于其他植物的阴影之下，生长速度就会越发缓慢，最终在生存竞争中遭到淘汰，彻底沦落为生活在阴影中的失败者。

更快，更高

打碗碗花与牵牛花一样，同属旋花科。

打碗碗花的日语名为"昼颜"，因为牵牛花（日语名为"朝颜"）在清晨开花，而打碗碗花则在白天开放。其实，打碗碗花也是在清晨开放的，只不过它一直开到下午，所以才被命名为"昼颜"。

打碗碗花的生长速度比牵牛花还要快。

根据牵牛花的观察日记，双叶出现后才出现本叶，然后再伸出藤蔓。但打碗碗花不一样，双叶出现后，本叶还没长出时，藤蔓就已经伸出去了，速度之快令人惊讶。为了尽可能比竞争者更快地生长，打碗碗花提前伸出了藤蔓。叶子还没出现，藤蔓就已经伸出了，因此藤蔓显得非常纤弱。不过，打碗碗花也是藤蔓植物，无需靠自己的力量站立。只需卷附在其他植物身上就可以了，根茎纤细些也无关紧要。与其使根茎更粗壮，还不如让它伸得更长，这样就可以赶在其他植物之前抢占阳光了。

打碗碗花　　　　　　　牵牛花

通过这种利用别人力量的不光彩的生长方式，藤蔓植物实现了快速生长。与那些老老实实依靠自己的根茎站立的植物相比，这样显得有些狡猾。但在群雄割据的植物世界里，藤蔓植物的生长方式非常有效。

卷法也各有千秋

藤蔓植物这种可以高效生长的战略，也被多种其他植物所采纳。牵牛花和打碗碗花的藤蔓呈螺旋状盘旋，除此之外，其他植物也有各种各样的爬升方式。

黄瓜、丝瓜等瓜科植物会用卷须抓住其他植物向上伸展。在缓慢盘旋的同时，卷须搜寻可抓住的支柱。一旦发现支柱，就将卷须攀附上去，而且，卷须还会挑选攀附的对象。如果发现其抓住的支柱像玻璃棒一样光滑，它就会停下来，重新寻找新的支柱。也就是说，卷须的顶部可以通过感知支柱的触觉，来选择最适合攀附的对象。

卷须的结构非常完美。顶端卷住支柱后，卷须会保持旋转运动。因此，卷须才能左右挪动前进，卷成螺旋状。盘卷在一起的卷须，简直像弹簧般可以伸缩自如。在保持弹性的同时，卷须还会紧紧地攀附固定在支柱上。

还有植物可以轻松地在垂直的墙壁上攀爬，比如爬山虎。

黄瓜的卷须

爬山虎

为什么爬山虎可以在没有抓手的墙壁上攀爬呢？其实，爬山虎的卷须顶部带有吸盘，它就是利用吸盘爬上了垂直的墙壁。使用这种方法，爬山虎就可以爬上藤蔓和卷须无可奈何的粗壮树木。

如上所述，藤蔓的生长方式多种多样。不过，在借助藤蔓加快生长，将其他植物作为踏板向上生长这方面，它们都是一样的。有时候，藤蔓生长得非常茂密，甚至会将作为"恩人"的攀附植物全部覆盖。

玫瑰的战略

人们常说，"玫瑰（蔷薇）虽美却有刺"。

玫瑰花很美丽，却有刺，不小心碰到了就会受伤。玫瑰的名字来源于"荆棘"。"荆棘"即为"棘刺"之意，因此，自古以来带刺的植物被总称为"荆棘"。这就是玫瑰（蔷薇）的语源。玫瑰是典型的带刺植物。

玫瑰的刺由树皮变化而来。那么，玫瑰为什么会有刺呢？

首先是为了躲避食草动物的食害。不过，玫瑰带刺也并不仅仅是为了防御。

藤蔓玫瑰

玫瑰原本也是藤蔓植物，即便是现在，我们还可以看到有玫瑰顺着藤蔓爬上围墙或是拱门。在野生环境下，玫瑰通过棘刺盘附在周围植物身上。通过这种方法，玫瑰借助其他植物加快了生长，高效地进行光合作用。因此也可以说，玫瑰的棘刺，不是为了防御，而是为了进攻。

最终，不择手段

可以依靠在别人身上成长，这种想法使一部分植物萌生了不好的念头。

这种植物的理念很有新意，它不是从地面上向上伸展藤蔓。这种植物的生长模式完全相反：它的种子从树上向下延伸生长。

这种植物生长在植物间竞争格外激烈的热带森林。植物的种子大多随着果实被鸟类吃进肚子，然后与粪便一起被排出体外。种子与鸟粪一起落在树枝上后，从树上向地面伸出根须。

正如爬山虎顺着树干往上攀爬一样，这种植物的根也顺着树干前进。在这方面，它和其他藤蔓植物并无不同。只不过，普通的藤蔓植物是顺着树从下往上爬，这种植物则是从上往下延伸。

只要其有一条根须到达了地面，这种植物瞬间会变成恐怖的"杀人魔"。它的根一旦到了地面，从泥土中获得养分，马上就开始生长。接着，盘在树干上的细根会变得粗壮起来，如缆绳五花大绑般把树裹起来。不久，本来的树木将被完全覆盖，直至完全看不见。

以这种方式生长的植物，被称为"绞杀型植物"。其中，较为知名的有以桑科无花果属为中心的几种植物。在日本西南群岛可以看到的榕树，也是绞杀型植物的一员。

绞杀型植物把树全部覆盖起来，最终使它枯死。事实上，树并不是被植物绞杀，而是因为被遮挡住阳光，最终枯萎而死。绞杀型植物裹住树的样子，看起来就像是"绞杀"。

被植物盘附的大树枯死后，绞杀型植物也不会倒下来。到了那个时候，它已经可以通过粗壮的根牢牢地把住大地，用自己的力量站立了。

在巨树挺立的森林中，从小小的种子发芽的植物，仅仅依靠自己的力量是很难长大的。通过夺取其他树木这一办法，绞杀型植物在竞争激烈的森林中获得了成功。

寄生植物的战略

"借助他人力量，可以轻松地快速长大。"进一

步发展了藤蔓植物这种理念的是寄生植物。寄生植物
将根伸进其他植物的体内，从中夺取养分。

在西方，槲寄生树被认为是神圣的植物。在其
他树木都已经落尽树叶的冬天，槲寄生树还是绿叶葱
翠，因此，它被看作是生命力的象征。

欧洲自古以来流传着一种说法：在槲寄生树下相
遇的男女可以接吻。据说，如果圣诞夜在槲寄生树下
接吻了，就能获得幸福。因此，圣诞节的时候，槲寄
生树常常会被装扮一新，女孩子会把自己心仪的男孩
约到树下。

槲寄生树最初的作战方式，与绞杀型植物非常
相似。

槲寄生树的种子也是混杂在吃了果实的鸟类粪便中
粘在了树枝上。不过，绞杀型植物会朝着地面伸下树根，
但槲寄生树不同——它将根缓缓地伸进了树枝里面。

槲寄生树就是"寄居树"，因为它如借宿般地
生长在其他树的身上。同时，槲寄生树还不仅仅是寄
居，它把根如楔子一般地插入其他植物的树干，吸取
水分和养分。

槲寄生树

　　营养全部取自于寄主的植物被称为"完全寄生植物"，槲寄生树在从其他植物夺取养分的同时，还可以独立进行光合作用，因此被称为"半寄生植物"。

　　作为寄主的落叶树叶子落尽后，槲寄生树还能保持枝叶青翠，这是由于它在寄主落叶时已通过光合作用积蓄了能量。这真是一种生命力顽强的植物。

枝叶也可以不要

　　植物竞相伸长枝干，舒展树叶，是为了通过光合作用获取养分。如果可以从其他植物夺取养分，那就没必要进行光合作用了。这么一来，茎与叶也可以不要了吧。

这种寄生植物也是存在的。

在芒草根部悄悄绽放的野菰，也是一种典型的寄生植物。与槲寄生树不同，它是完全寄生植物。

野菰总是紧挨着芒草开花，因此它有个别名叫"相思草"。在和歌的世界里，相思草作为"暗恋"的象征被反复吟唱。

野菰花的下面只有纤弱的花茎，完全没有叶子，而且，那花茎其实也是伸长的花柄。也就是说，野菰

野菰

既没有花茎，也没有叶子，仅有花朵探出地面。野菰把退化了的短茎与几片叶子藏在地面下，到了秋天，只将花儿伸出地面。

这种纤弱而含蓄的姿态，确实像极了暗恋。

但是，野菰之所以能够以这种纤弱的样子生存下来，就是由于它是寄生植物。野菰本身不进行光合作用，它从芒草中获取养分，因此，虽然没有花茎和叶子，它也可以开出花来。对于植物而言，最重要的就是开出花，留下种子。植物努力伸展，开枝散叶，获取养分，都是为了这一目的。野菰可以毫不费劲地获得养分，因此也就不需要茎与叶了。

世界花王的真实面目

大王花是世界上最大的花，花朵直径可以长达1米。19世纪来自英国的探险队最初发现它时，曾一度怀疑它是食人花。毕竟，大王花的花朵就像是在地面上张开的巨大嘴巴。

其实，大王花也是一种寄生植物。

大王花寄生在葡萄科植物的根部，吸取营养成分，然后直接开出花朵。对于植物而言，最为重要的器官就是能留下种子的花朵。说得极端点，植物伸长根茎，展开枝叶，努力生长，无非就是为了开出花朵。这么看来，大王花没有任何多余的花茎与叶片，只是开出花朵，是非常理想的植物形态。

不仅如此，大王花甚至没有用来吸取养分的根。大王花把仅由细胞排列而成的菌丝状寄生根扎入葡萄科植物的根部。它已经连独自站立的必要都没有了，自然也就不需要有坚实有力的根部，只需有类似输液管状的细细的寄生根就足够了。

大王花

尽管如此，世界上最大的花是不能自食其力的寄生植物，这还是让人不由得觉得有些荒诞。不过，正因为它去除了一切多余的部分，既没有花茎，也没有叶片，才能将全部营养都用于开花。因此，它才能开出如此巨大的花朵。

无根无叶的恶魔

上面我们介绍过藤蔓植物牵牛花，它的同类里面也有一种寄生植物——菟丝子。这种植物在日本被称为"无根蔓"，也就是"没有根的藤蔓"。

菟丝子不需要进行光合作用，也就没有用来进行光合作用的叶绿素。因此，它呈现出豆芽般柔弱的嫩黄色。依靠他人养活的寄生生活经常会被称为"吃软饭"，菟丝子就长着一副十足的"吃软饭"相。

虽说是"无根蔓"，但刚发芽不久的菟丝子是有根的。为了寻找猎物，细茎在地面匍匐爬行。令人不可思议的是，对于人造的柱子，或是孱弱的植物，它理都不理。它宛如一条搜寻猎物的蛇，在触摸周围的植物，选定充满活力的植物后就盘旋而上。具体的原

菟丝子

理我们还不清楚，也许它可以感知到宿主植物所发出的轻微挥发成分吧。

　　菟丝子附上猎物后，就会去除已没有用处的根部，成为真正的"无根蔓"。此时的菟丝子已无法从根部吸收养分，于是，它缠卷在猎物身上，从藤蔓上伸出牙齿状的寄生根，探入猎物的躯体，从而吸取养分。因此，菟丝子被人惊恐地称为"黄色吸血鬼"。

看不见的化学战

为了争夺空间，植物伸展树枝，繁茂枝叶。但是，植物的战斗不仅仅限于地面上。在地底下，还进行着更为激烈的战斗。

植物在盘根错节的同时，还从根部释放出各种各样的化学物质，或是打击周边的植物，或是阻止其他植物的种子发芽，以击退其他植物。

这种通过释放化学物质从而抑制其他植物生长的现象被称为"化感作用"。该词源于希腊语，为"相互感受"之意。因此，化感作用不限于植物之间，也包括植物与微生物、植物与昆虫以及微生物之间等所有生物之间的影响作用。同时，它也不仅指抑制生育的效果，还包括促进生育的效果。不过，一般而言，化感作用指的是，在植物之间的竞争中，某种植物释放出的物质对其他植物的生育产生的阻碍。

我们早就知道，在核桃树或是红松树下，不会生长杂草或是其他树木。这是由于，核桃树和红松根部释放出的物质阻碍了其他植物的生长。

几乎所有的植物，多多少少都带有些化感作用性质的物质。即使是看似云淡风轻的植物世界，每天也都在进行着化学武器战争。

盛者必衰

在具有强烈化感作用的植物里，麒麟草较为知名。

在河边或是空地上，我们经常可以看到成片生长的麒麟草。通过从根部释放出来的有毒物质，麒麟草阻碍了可能成为竞争对象的周边植物的发芽与生长，使自己能够尽情地生长。于是，它一边驱逐其他植物，一边大面积地繁殖。它使用的正是可怕的化学武器。

然而，好景不长，我们发现不知从什么时候开始，麒麟草失去了往日的气势。一度横扫一切的麒麟草，居然开始衰弱了。曾被麒麟草驱逐的芒草、荻草等野草又重新繁茂起来，在气势上再次盖过了麒麟草。

麒麟草长得很高，在日本可以长到两至三米。

然而，我们最近发现，有些麒麟草在五十厘米高就开花了。

为什么曾经那么不可一世的麒麟草突然变得老实起来了呢？

据说，其中一个原因是"自我中毒"。麒麟草凭借有毒的化学物质来驱赶周边的植物，最终霸占了大片地方。然而，周边的植物都消失后，原本用于攻击其他植物的毒素，会影响到麒麟草自己，从而阻碍自身的生长。

植物界的力量均衡

还有更不可思议的事。

麒麟草是原产于北美的外来杂草，在原产地北美，麒麟草并没有大肆蔓延。

在北美洲的草原上，麒麟草长得并不高，还不到一米。它在秋日草原上开出的美丽花朵，颇惹人怜爱。麒麟草不仅没有嚣张跋扈，人们甚至为它开展了保护活动，要守护有麒麟草的草原。

麒麟草来到日本，最初是由于人们看中了它

的美丽花朵在园艺中的价值。那么，如此美丽动人的花草，为什么来到异国日本后就开始嚣张跋扈了呢？

不管是在北美，还是在日本，麒麟草都同样释放化学物质。事实上，所有的植物或多或少都从根部释放化学物质，以攻击周边的植物，于是形成了这种互相释放化学物质的化学战争。不过，如果很轻易就被打败，那也不会有战争了。周边的植物会采取相应的防御措施，以抵抗打击。于是，在这种攻守平衡的掩盖之下，化感作用看起来似乎并不存在。

麒麟草

在美国，在与麒麟草自古以来的斗争中，周边的植物不断进化，最终形成了能够防御麒麟草所释放出的毒素的机制。由于这种力量平衡，才没有形成麒麟草一统天下的局势。

然而，对于新近来到日本的麒麟草所释放出的化学物质，日本的植物还没有相应的防御机制。当然，日本的植物也会从根部释放出种种毒素，但其中也许没有能够有效攻击麒麟草的物质。于是，自然界的力量均衡被打破，麒麟草暴长至两三米高，变成了巨大的怪兽，到处肆虐。

不过，在与其他植物的互相攻击中，麒麟草保持了力量均衡，它在日本的得势也没有维持太久，最终被自己释放出的毒素所戕害。同样，在日本深受人们喜爱的虎杖、芒草等野草，到了国外后，也常常变身为怪兽，成为让人头疼的大杂草。

看起来似乎云淡风轻的植物，在地底下也进行着相互攻击。不过，植物世界通过这种攻击维持了力量的均衡，让人不由得感叹自然的伟大。

第二回合　植物VS环境

仙人球

战斗也是很艰辛的

植物之间的战斗，比我们人类想象的更为惨烈。

枝叶在空中争夺阳光，根在看不见的泥土中争夺养分与水分。如果不能夺取阳光，就会在其他植物的阴影中枯萎，如果水分被夺走，则会干涸而死。无法在竞争中获胜，就不能生存下去。

在这种竞争中获胜，是非常困难的。

要想在竞争中获胜，需要有相当强的竞争力。稍有取胜的机会，就可以奋力一搏。不过，有些战斗是毫无胜算的，它们都是抱着必死之心去勉为应战，这种行为虽然看似勇敢，但一旦真的失败，那就将一无所有。自然界是残酷的，在竞争中失败，就意味着死亡。

而且，虽说强者可以存活，但即使是胜者，也不可能在战斗中毫发无损。

不管如何努力让枝叶繁茂，总会有其他植物过来阻挠。即使部分枝叶最终抢到了阳光，其他没有照到太阳的叶子也会枯萎。即使最终在激烈的战斗中获胜了，也要消耗相当多的能量，受到的损伤将难以估算。

由此可见，即使是对于那些被称为强者的植物，竞争也是非常艰辛的。

不战之策

森林看起来美丽而茂密，这些树木都是战斗中的胜利者。在它们的背后，有着无数在战斗中落败、因没有晒到太阳而枯死的植物。看似恬静安详的植物，它们也面临着非常惨烈的战斗。

战斗是如此残酷，于是有些植物就想尽量避免战斗。

英国生态学家约翰·菲利普·格拉姆曾将植物的成功战略分为三类：C战略、S战略与R战略，总称为CSR战略。

所谓C战略，是指竞争型（competitive）战略。

自然界是残酷的竞争世界。强者存活，弱者灭亡，这是自然的法则。植物也在进行着残酷的生存竞争。

在这种激烈竞争中胜出的植物即为"竞争型"。也就是说，C战略是强大植物的战略。

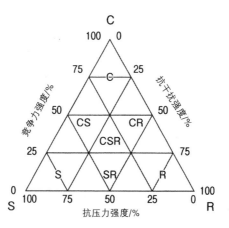

所有的植物都通过调整C、R、S三种战略的
均衡，构建自己的战略。

在竞争世界中，善于竞争似乎是一个必要条件。

那么，在自然界中，难道还有C战略以外的战略吗？

其实，在进行着激烈竞争的植物世界中，不一定
总是强大植物的C战略赢得胜利，这正是自然界的有
趣之处。

弱小植物的成功战略，就是S战略和R战略。

弱小植物的战略

在怎样的条件下，弱小的植物才能战胜强大的植

物呢？

我们可以联想一下棒球、足球、网球等体育比赛，在比赛条件良好的情况下，是很难爆出冷门的。如果比赛条件很好，每个人都可以发挥出全部实力。那么结果就会与实力挂钩，实力不济的弱者自然毫无胜算。

相反，如果比赛条件很恶劣呢？大雨倾盆，狂风不止，比赛条件非常糟糕。谁也不喜欢在这种情况下比赛。但是，比赛中爆出冷门，往往是发生在环境不佳之时。

实力超群的冠军是不会愿意在这种难以发挥实力的条件下进行比赛的。这样一来，实力不济的弱者就可以不战而胜。

于是，弱小的植物会主动选择在强大的植物无法发挥实力的恶劣条件下生活。这就是S战略和R战略。

S战略，就是"耐逆型"（Stress Tolerance）战略。对于植物而言，逆境就是不好的生长环境。缺乏水源，光线不足，温度过低，这些对植物而言都是逆境。在这种环境里面，善于竞争的植物未必能胜出，因为这里没有可供竞争的充分空间。具有忍受恶劣环境的能力、选择在严酷环境中生活的，就是S战略植物。

例如，在水源稀少的沙漠中生活的仙人掌，能耐冰雪的高山植物等，都是典型的S战略植物。

最后的R战略是"杂草型"（Ruderal）战略。Ruderal指的是在荒野中生存的植物。"杂草型"，也可以译为"耐骚扰型"。

这种类型的植物能适应环境的变化，可以在无法预测的环境变化中随机应变。我们身边最为成功的R类型植物就是杂草。

仙人掌与杂草往往给人以很强悍的印象，这是指它们在克服恶劣条件方面的顽强。事实上，它们是逃避了战斗的弱小植物。

然而，并不是逃离了与植物的竞争就安全了。在那里等待着它们的，是连强大的植物都无法克服的恶劣环境。接下来，我们来看一下S战略与R战略植物与环境的战斗吧。

仙人掌刺之谜

仙人掌是典型的S战略植物。仙人掌生活在连强大的植物都无法生存的沙漠中。对于植物——不，对于所有的生物而言，水都是生存所必不可缺的。对于生活在沙漠中的仙人掌，最大的难题就是没有水。

仙人掌有许多刺，这可以保护它不受动物的侵袭，但理由还不止如此。叶子是进行光合作用必不可少的器官，但薄平宽大的叶子会带来水分的蒸发。于是，为了让宝贵的水不被蒸发掉，仙人掌把叶子变成了细细的刺。

如果是要防止水分蒸发，那么刺也应该是越少越好，但仙人掌却是尖刺密布。据说，如果把仙人掌的刺全部都拔掉，其茎部的温度就会上升。仙人掌通过布满尖刺，使光线错乱，从而减少阳光对茎部的照射。此外，据说尖刺的顶端还可以吸附空气中的水分，起到降温的效果。仙人掌的尖刺，正是其在沙漠中存活的法宝。

变成了刺状的叶子，已无法进行光合作用。于是，仙人掌通过茎部来进行光合作用。同时，它还增大茎部体积，以进行蓄水。就这样，仙人掌变成了现在这种粗大的茎部布满尖刺的奇怪样子。

不过，水分还是会通过茎的表面蒸发掉。为此，仙人掌又将表面积尽可能缩小。一定的体积，表面积最小的形状是球形。仙人掌中之所以会出现滚圆滚圆的仙人球，就是由于这一原因。

用涡轮发动机来提高动力

为了防止水分的蒸发，仙人掌缩减了叶子的表层面积，还为叶子表面做了涂层。不过，问题还没有彻底解决。

植物的生长离不开光合作用。光合作用是从二氧化碳和水分中提炼出作为能量来源的糖分的过程。要吸取二氧化碳，就需要打开气孔。一旦打开气孔，宝贵的水分也会随之蒸发。但是，要进行光合作用又必须打开气孔。因此，必须尽量减少打开气孔的次数。

解决了这一问题的，是被称为C4植物的植物。

所谓C4植物，并不是指特定的植物种类，而是指拥有C4光合系统的植物。拥有C4光合系统的植物广泛见于单子叶植物与双子叶植物，应该是经由多种途径进化而来的。

那么，所谓C4光合究竟是怎样的过程呢？

一般的植物都通过C3回路系统进行光合作用。之所以称为C3回路，是由于该回路最初产生的是拥有三个碳素的3-磷酸甘油酸。但是，C4植物除了正常的光合作用回路之外，还拥有C4回路这一高性能的光合系统。C4回路在最初时会产生拥有四个碳素的草酰乙酸。

汽车的涡轮发动机是通过压缩空气将大量空气送入发动机从而提高功率的系统，进行光合作用的C4回路的结构也与之相似。C4回路像涡轮增压器一样压缩二氧化碳，然后向起着发动机作用的C3回路输送二氧化碳。这一系统可以使光合作用能力实现飞跃性的提升。

防止水分蒸发

正如涡轮发动机可以通过高速运转发挥其优势，高性能的C4光合系统也可以在夏日的高温与强光下发挥其巨大的潜力。C3回路的光合作用跟不上强阳光的节奏，因此光合作用量会受到限制，就好像是开车时，任凭怎么踩油门也无法增加动力提高速度。C4植物则不一样，太阳光越是强烈，它光合作用的速度就越快。

那么，这种C4植物是怎样做到防止水分蒸发的呢？

C4植物可以将打开气孔时吸入的二氧化碳进行浓缩，这样就可以减少打开气孔的次数。不打开气孔，就可以限制蒸发的水分，从而节约水分。因此，拥有C4回路的C4植物可以在干燥的环境中发挥优势。

茂密地长在夏日路边的禾本科杂草多为C4植物，虽然没有人浇水，这些杂草却能在烈日下依然郁郁葱葱，就是由于这一原因。

双顶置式凸轮轴发动机的登场

虽然C4回路系统可以忍耐高温和干燥，但仙人掌生活的沙漠，环境非常恶劣。它还必须节约水分。因此，仙人掌还拥有适宜干燥地区的特殊系统。

汽车发动机中，有一种被称为"双顶置式凸轮轴"的系统。

对于发动机的性能而言，最重要的零件是关系到吸排气阀开闭的凸轮（CAM）。凸轮分为吸气用与排气用，安装了两条凸轮轴的高性能发动机，就是所谓的双顶置式凸轮轴。

其实，植物针对干燥地带采用的高性能光合系统也被称为CAM。当然，这里的CAM是"景天酸代谢"（Crassulacean Acid Metabolism）的简称，碰巧与凸轮相似。

前文我们说到，C4回路的光合系统可以将气孔的开闭控制到最低限度，但是，在打开气孔时，还是会有些许的水分损失。在水分极为珍贵的干燥地带，轻微的水分损失也会关乎性命。

此时，CAM登场了。

光合作用必须在有阳光的白天进行，因此，植物也需在水分蒸发迅速的白天开闭气孔。但是，在CAM的光合系统中，吸气用系统单独分开，该问题就得到了解决。在气温较低、水分蒸发较少的晚上，它打开气孔，吸入二氧化碳，浓缩后进行存储。白天则完全关闭气孔，通过存储的二氧化碳进行光合作用。这样，通过白天晚上分开使用系统，植物成功地控制了水分的蒸发。

将原本作为一个整体的系统一分为二，进行分工，这种创意与双顶置式凸轮轴发动机颇为相像。然而，它们的原理不尽相同。可以说，CAM系统的工作原理与深夜电动温水器的原理更为相似，这种温水器可以在晚上使用夜间电力制作冰块，加温热水，预先储存热能，以供白天使用。

仙人掌等干燥地区的植物，就具有这种CAM系统。

就这样，干燥地带的植物在光合作用这一植物最基本的系统中也下足了功夫。

干涸时就把根伸长

仙人掌的例子可能有些极端，但是，任何植物都有可能会遇到水分不足的干燥环境。那么，植物是怎样与干燥环境斗争的呢？我们来看一下普通植物的干燥对策。

植物的生长过程中，既有肉眼能见的生长，也有我们看不见的生长。我们看不见的生长，是指地底下根部的生长。在水分充足的状态下，植物的根往往不怎么生长。例如，在水中栽培植物时，根部不怎么生长。这是因为它们能够轻而易举地吸收水分，根部只要有最基本的长度就够了。

然而，一旦水分不足，植物的根就开始野蛮生长。越是没有水，根部就越会深深地扎入泥土中，长出无数的根毛，向四面八方盘根错节，以寻求水源。对于根来说，干涸的时候才是茁壮成长的时机。

江户时代的《说法词料钞》中，曾有如下记载：

"譬如田中之植物，逢旱则枯，遇雨则长。此为其由人力种植之缘故也。若夫路畔之春草，不借人力，自然发自于土。由是故，受大地之恩泽，遇干旱亦不枯。"

遇到干旱之时，人类精心培育的庄稼会枯萎殆尽，而无人浇灌的路边杂草却青翠繁茂。正是如此！庄稼每日都有人来浇水，杂草则无此待遇。杂草长年累月与干燥斗争，草根的扎法也不同寻常。而正是这深扎入土的草根，在干旱时发挥了作用。

如上所述，在干燥时节，植物不是盲目地伸展枝叶，而是将根深深地扎入泥土中。

干旱时的繁茂

不仅仅是植物的根会在干燥时深扎入土，甚至还有植物会利用干旱时节进行繁殖。

作为水田杂草的野慈姑就是一个例子。野慈菇生长在水源丰富的水田里。为了调整水稻的长势，人们会放干水田里的水，进行"晾田"。人们把地里蓄积的水一次性全部放干，晒干泥土，直至其开裂。这对野慈姑而言，似乎是一场重大危机，它能克服过去吗？野慈姑会不会也被晒枯呢？

野慈姑

野慈姑表现得异常顽强。被晒干后的野慈姑，转而致力于增大泥土中的块茎。块茎类似于芋头，既可以为生长蓄积能量，同时也是进行繁殖的场所。通过块茎的增大，野慈姑实现了繁殖。遭遇干旱反而带来了野慈姑的成功。

正如"芋头姑娘""芋头武士"（两者在日语中皆有土气、乡巴佬之意），"芋头"在人们心中的形象似乎不太好，但事实上，对于植物而言，芋头是非常具有战略意义的器官。

身处干燥状态时，植物不再努力去伸长枝茎，繁茂枝叶，它们在地底下不动声色地积蓄养料。它们用以储存营养的器官就是"芋头"。有些芋头是由根部长成，有些则是来自于茎部。例如，在蔬菜中，红薯是被称为块根的芋头，而土豆则是由块茎长成的芋头。

当植物遭遇不适于生长的环境时，它们会暗暗地在地底下蓄积力量，等待生长时机的到来。

弱小的杂草

S战略之后，我们再来看一下R战略的植物。R战

略也就是"杂草战略"，它可以应对难以预料的环境
巨变。

我们在前面已经介绍过，杂草是典型的R战略
植物。

杂草往往给人一种很强大的印象，但是在植物学
上，杂草是"弱小的植物"。这里所谓弱小，是指它
在与其他植物的竞争方面非常弱。因此，杂草选择生
长在强大的植物无法发挥实力的地方。例如，经常会
遭遇除草的田地里，被人反复踩踏的路边等。杂草是
弱小的植物，却有着敢于在困难环境中生活的坚韧。

作为弱小植物，杂草竭力避免与其他植物的交
锋。但是，它们并没有逃离竞争，它们选择了向更为
严酷的环境挑战。关键，是在哪里决一雌雄。

机遇藏在逆境中

在条件良好的情况下，杂草无法胜过强大的植
物。强大植物无法进入的条件恶劣之处，才是杂草安
家的地方。因此，反复的除草与践踏，才是杂草生存
所必须的条件。除草与踩踏，对于任何植物而言，都

不能说是好事。然而，杂草却背负着在这种逆境之下才能存活的宿命。

简而言之，杂草的战略就是"利用逆境"。

对于杂草而言，逆境既不需要忍耐，也不需要克服。利用逆境创造成功，这才是杂草精神的精髓。

大家也许有过这种经历。自以为已经把杂草除得干干净净了，但只过一周时间，杂草又长成了满满一片。

在除草时，我们确实可以把能看见的杂草清除干净。但是，为了以防万一，杂草早就在地面下准备了无数的种子。这种藏在地面下的种子被称为"种子银行"。正如我们把钱存在银行抵御风险一样，杂草也把种子藏在这里，以抵御被清除的风险。

一般而言，植物的种子都在泥土中，在光照下是不会发芽的。然而，杂草的种子却反其道而行，一有光线就能发芽。这是为什么呢？

杂草的种子在地面下静静地等候着发芽的时机。除草结束后，泥土被翻松，于是种子可以晒到阳光了。阳光照射进来，就意味着人们已经除完了草，周边已经没有了植物。于是，杂草种子迅速把握机遇，争先恐后地发出芽来。也就是说，人类除草这一行为，诱发了杂草的发芽。因此，除草反而会使杂草越来越多。

逆境即顺境

对于杂草而言，逆境就是顺境。

看到被践踏的杂草反而开出了鲜花，人们往往会不禁感慨。然而，对于杂草而言，被践踏也是机遇。

有一种叫做"车前草"的杂草，下完雨后，种子会分泌出一种果冻状的黏稠物质。于是，种子会粘在人类的鞋子或是车轮上，被带到各种地方。正如蒲公英借着风运送种子一样，车前草也通过被踩踏来运送种子。

作为"春之七草"之一的繁缕，多见于乡村地带，但令人意外的是，如今在都市中也经常可以见到。这也是有原因的。繁缕的种子就像是金平糖，有凸起的疙瘩。这种疙瘩使它很容易嵌入人类鞋底的泥土中。因此，种子被携带到各处，出现在人来人往的都市中。

车前草

繁缕

　　这样看来，对于车前草和繁缕来说，被践踏早已不是需要忍耐的逆境了。如果不被践踏，种子将无法传播出去，因此它们反而很期望能被践踏。路边的车前草和繁缕应该是很希望被踩踏的。

　　人们用除草机来除草，或是耕地翻松泥土，对于地里的杂草而言，这些看起来像是逆境。但是，由于除草与耕地，地里的杂草变得四分五裂，从它各个茎部又长出根来。这样一来，割草与耕地反而可以使杂草更加繁茂。

第三回合　植物VS病原菌

毒麦

健康产品的功臣

社会上可以看到各式各样的"抗菌商品"。

比如，抗菌喷雾、抗菌口罩、抗菌膜、抗菌塑料等等，它们在保护着我们的身体不受细菌的侵袭。

抗菌物质种类繁多，其中的天然成分多来自于植物。

植物每天都在与病原菌进行战斗，因此，所有的植物都在用抗菌物质保护自己。

植物拥有的抗菌物质种类可以说是不胜枚举。

例如，柑橘皮中含有的柠檬油精常用于各类洗涤剂，它原本是用来保护柑橘果实与种子的抗菌物质。茶叶中含有的儿茶酚也是一种抗菌物质。茶中的儿茶酚，原本是用来防止病虫害的。蔬菜中多含带有涩味、苦味的物质，这些也是用来抵抗病原菌的物质。

这些抗菌活性，被我们用在了生活的方方面面。

比如，芥末的抗菌活性可以用来防止鲜鱼变质。另外，我们会用檞叶糕、朴叶糕等植物叶子来包裹点心，这是因为它们具有抗菌活性，可以防止糕点变质。

柑橘

再比如，用来给衣服染色的靛蓝，以及常用于给牛仔裤染色的槐蓝等，也都具有抗菌活性。因此，它们才被广泛地使用于工作服、劳动服中，以保护肌肤不受细菌侵害。

不仅如此，植物所具有的抗菌物质，还有利于人类的健康。它们还可以被作为生药或是药草，帮助人类抵御疾病。

对身体有益的植物成分

不仅仅是抗菌物质，植物还拥有多种对人类身体健康有益的成分。

例如，花青素、类黄酮等多酚，以及维生素类等抗氧化物质，都是植物所具有的健康成分。植物的抗氧化物质具有延缓衰老、美肤、预防动脉硬化、防癌、抗压力、改善眼睛疲劳等多种健康效果。

但是，令人感到不可思议的是，为什么植物会具有可以缓解人类老化、护理肌肤等功效的物质呢？

植物确实拥有多种物质，但它不会生产对自己没用的物质。植物所生产的物质，应该都是植物生存过程中所必需的物质。

这个问题，我们必须从植物与植物病原菌之间激烈的战斗说起。

某天，树叶之上

我们先来看一下某天发生在树叶上的一幕。

有一天，通知紧急事态的警报突然传遍了所有树叶——病原菌出现了。

在我们人类世界里，尖锐的警报声到处响起。但是，既没有眼睛也没有耳朵的植物，是怎样察觉到病原菌到来的呢？树叶没有吹响警报，警示病原菌到来的信号，是通过化学物质在细胞之间传播的。事实上，病原菌向植物发出了一种叫做"刺激素"的物质。植物感知到这种物质，就知道病原菌已经到来。

但是，疑团还没有解开。病原菌为什么要向植物发出让它们知道自己存在的物质呢？

"刺激素"并不是特定物质的名称，它取自"引发者"之意。植物感知到了病原菌发出的物质，从而采取了防御态势。

当然，病原菌不会特意向植物告知自身的存在。刺激素是病原菌为侵入植物而准备的东西。小偷在想要潜入人家时，会用铁丝去开门锁，或用工具去割窗户玻璃。但这样一来，感知到异常的防盗铃会大声响起。同样，植物也会感知到病原菌的入侵。从外面来看，就好像是病原体发出的某种物质引发了植物的防御。因此，它才被称为"刺激素"。

刺激素不仅仅是病原体发出的物质，构成病原体的细胞壁，或是被病原菌攻击破坏的植物细胞壁，都有可能成为刺激素。感知到这些异常现象后，植物就会采取防御态势。

刺激素攻防战

病原菌释放出刺激素来攻击植物，但是，植物的防御系统非常完善，通过简单的攻击，病原菌是无法感染植物体的。植物的防御系统非常先进，几乎可以完美地防御细菌的感染。世界上的细菌不计其数，但绝大多数的细菌都无法突破植物的防御系统。

然而，植物确实也会生病。

这是由于最终有极少数的细菌成功地实现了对植物的感染，成为了病原菌。被称为"病原菌"的，其实是那些成功的细菌。

那么，堪称天衣无缝的植物的防御系统，是怎样被病原菌突破的呢？我们假设有一个小偷想要突破一个能感知到任何异常的防盗系统，如果这个小偷够聪明，他不会直接从正面去突破防盗系统，而会先想办法关闭这个系统吧。如果有摄像头，他会先把它遮挡起来，然后关闭警报电源。这些都是常见套路。

病原菌也是如此。要突破植物所拥有的完美的防御系统，是非常困难的。于是，病原菌就想到了关闭防御系统的主意。

植物感知到病原菌释放出的刺激素后，就会启动防御系统。于是，病原菌释放出某种物质，使这种防御系统失效。这种物质被称为"抑制器"。病原菌通过释放抑制器使植物的刺激素感知系统失效。

当然，植物也不完全是被动挨打。不管是刺激素，还是抑制器，都是病原菌释放出的物质。植物只要调整感知系统，下次就可以及时感知到抑制器，启动防御系统了。

也就是说，对于植物而言，这次的抑制器将成为下次的刺激素。

但是，病原菌也不会坐视不理。

能不能突破防卫系统，将会决定病原菌的生死存亡。为此，病原菌会重新开发出新的抑制器，用来突破防卫系统。接着，植物也会再次改进防御系统。

从遥远的往昔开始，植物与病原菌之间就反复进行着这种你来我往的交锋，互不退让，共同进化。

战斗的开始

那么，植物的防御体系，究竟是怎样一种结构呢？

首先，最重要的是防止敌人入侵。比如，日本古代的城池，会挖掘很深的壕沟，然后再筑起高高的石墙。如果是中世纪欧洲的城堡，在城市的外面则围着高高的城墙。

植物也是一样的。大家有没有注意过，如果给植物浇水，叶子会把水弹开。植物叶子的表面涂了一层厚厚的腊，就像城墙般可以防止外敌的入侵。病原菌遇水后很容易繁殖，叶子上面涂了蜡层后，就可以防止被水分弄湿，这样就可以阻挠敌人建立进攻的据点。涂蜡层下面，还储存着抗菌物质。正如城池用高大坚固的石墙和蓄满水的护城河来抵御敌人一样，植物也通过这种方式来阻止病原菌入侵。

但是，仅仅如此还不足以防止敌人的入侵。攻城的时候，敌人会来攻打城门入口。植物也有类似的容易被攻破的入口，那就是"气孔"。

植物叶子的内侧，有被称为气孔的呼吸用的换气口。气孔很容易成为病原菌的突破口。植物察觉到刺激素后，发出病原菌到来的信号。于是，为了防止敌人入侵，植物会首先关闭气孔。

但是，战斗才刚刚开始。虽然气孔被关闭了，但病原菌不会就此罢休。

病原菌会想方设法破坏细胞壁，往植物内部闯。

于是，在细胞壁被破坏的地方，植物会凝结起细胞内的物质，设置路障，竭尽全力进行抵抗。但是，病原菌的进攻非常难缠，路障被击溃也只是时间问题。战斗已经无法避免，全面的攻防战即将展开。

氧气曾是废弃物

在植物与病原菌的战斗中，氧气发挥着重要作用。

为什么植物与病原菌之间的战斗会与氧气有关系呢？

在谈植物与病原菌的战斗之前，我们先来看一下氧气是怎样一种物质。

时光回溯到三十六亿年前。当时，地球上还没什么氧气，和金星、火星一样，大气的主要成分是二氧化碳。地球上生活着小小的微生物，它们不用氧呼吸，而是通过分解硫化氢来呼吸。

此时，作为植物祖先的植物浮游生物登场了。

植物浮游生物掌握了利用太阳光来制造能量的光合作用系统。光合作用以二氧化碳和水为原料，可以制造出作为能量来源的糖分。光合作用可以制造出巨大的能量，于是植物才能够实现快速生长。

但是，光合作用也有缺点。通过光合作用制造糖分时，会产生氧气。所以说，氧气其实是光合作用所产生的废弃物。

当时，氧气在地球上还是微乎其微的，由此可见，光合作用并不是对环境没有影响的循环型系统。在地球上繁殖的植物浮游生物，将作为废弃物的氧气随处释放。

就这样，大气中的氧气浓度越来越高。

也许大家听了会感到意外，其实氧气是一种可以使任何物质都生锈的有毒物质。即使如铁、铜等顽强的金属，一旦接触到了氧气，也会因此生锈，成为废铜烂铁。当然，构成生命的物质，碰到了氧气后也会生锈。植物引发的大气氧气浓度增加，曾经也是一种环境污染。

氧气引发的进化

然而，植物释放到大气中的氧气，使地球环境发生了巨大变化，最终也给生物的进化带来了戏剧性的变化。

氧气遇到照射到地球上的紫外线时，会变成一种叫做"臭氧"的物质。植物浮游生物所排出的氧气，不久都变成了臭氧，无处安身的臭氧飘到了上空聚集起来，形成了臭氧层。

对于生命的进化而言，臭氧层发挥了令人意想不到的重要作用。曾几何时，大量的紫外线直接倾泻到地球上。这些紫外线会破坏DNA，对生物而言，是重大的威胁。我们在杀菌时使用紫外线灯，也是由于这一原理。

但是，氧气所形成的臭氧具有吸收紫外线的功能。臭氧层原本是由植物制造出的废弃物累积而成，后来却起到了遮挡照射到地球的有害物质紫外线的作用。由于臭氧层的出现，原本在海洋中生活的生物，终于可以在陆地上活动了。不仅如此，随着氧气浓度不断增高，终于出现了可以将有毒的氧气吸入体内的生物。这，就是我们呼吸氧气类生物的祖先。

氧气一方面有毒，另一方面又可以生产爆发性能量。通过吸入氧气，这些生物具备了可以四处活动的能力，他们利用丰富的氧气制成坚实的胶原蛋白，使身体日渐强大。

这些生物摄入氧气进行呼吸，制造能量，释放出了废弃物二氧化碳。

就这样，利用植物排出的氧气的生物的出现，终于使地球上的氧气实现了循环。

活性氧的登场

闲话暂且不提。

植物产生的氧气使地球环境发生了巨大变化，对生物的进化也产生了影响。氧气本来是可以使任何物品都生锈的有毒物质，而活性氧则进一步提高了氧气的这种毒性，从而使物品更容易生锈。

植物将这种活性氧作为武器。

感知到病原菌的存在后，植物细胞立刻大量产生活性氧，用来攻击病原菌。这种活性氧的产生被称为"氧气大爆炸"。

活性氧曾经是强有力的武器，然而，当病原菌发生进化后，这种武器就显得过于陈旧了。如今已没有病原菌会因为活性氧的产生而退却。不过，活性氧的大量产生虽然无法构成对病原菌的攻击，但对于防卫系统而言，它仍然发挥着重要的作用。活性氧的大量产生，是向周边传递紧急事态严重程度的信号。这样，周围的细胞就可以进行紧急战备。

周边的细胞感知到活性氧产生后，为了防备病原菌的来袭，它们会加固细胞壁的壁面，提高防御力，大量生产抗菌物质，做好与病原菌进行战斗的准备。

只不过，加固细胞壁，生产抗菌物质，都相当耗费时间。因此，往往在准备就绪前，病原菌就已经侵入到了细胞内部。此时，植物细胞会亮出最终手段。终于，决战开始了……

决一死战

在病原菌的攻击下，植物细胞最终亮出了杀手锏。那就是与敌人同归于尽的自我爆炸。受到病原菌入侵的细胞，选择了自杀。

大多数病原菌都只能在活着的细胞中存活，随着细胞的死亡，被困在细胞内部的病原菌也会死绝。就这样，细胞通过付出自己生命的方式，守护了植物。

在旁人看来，细胞好像是受到病原菌的入侵后死亡的，其实并非如此。尽管也有部分病原菌进入植物细胞后会杀死细胞，但多数病原菌需要从活着的细胞中夺取营养赖以存活，如果入侵的植物完全死掉了，对它们而言，反而不是好事。细胞之所以会死亡，并不是由病原菌的入侵造成的，而是植物控制下的细胞自杀。

这种细胞的自杀现象，被称为"细胞脱噬"，意为"计划性死亡"。

此时，不仅是受到了病原菌入侵的细胞，连周围并没有受到入侵的健康细胞也会发生"细胞脱噬"。正如在山林灭火时，为了防止火势进一步蔓延，有时

候会砍掉周围那些还没有着火的树木。同样，病原菌
入侵处附近的细胞的死亡，可以阻止病原菌的扩散。

如果我们观察植物的叶子，会发现受到病原菌攻
击的叶子有褐色的斑点。这就是细胞死亡后出现的斑
点。不过，这并不全是由植物染病的症状引发的，其
中不少是细胞自杀后封死病原菌的痕迹。

战斗结束后

就这样，由于细胞伟大的自我牺牲，和平再次降
临到了植物的世界。这是美好的大结局。

但是，事实并非如此。

我们之所以会叙述植物与病原菌的战斗故事，是
为了说明植物为什么会拥有防止人类衰老、美化肌肤
的性质。

其实，植物与病原菌之间的战斗故事，还没有
结束。

为了与病原菌作战，植物产生了大量的活性氧。
在击退病原菌之后，还有大量的活性氧留在身上。活
性氧具有非常强烈的毒性，残留下来的活性氧会危及

到植物，因此，必须将其清除掉。

此时登场的，就是植物所具有的多酚以及维生素类等抗氧化物质，这些抗氧化物质具有迅速清除活性氧的功能。

我们人体内也会产生活性氧，这些活性氧会损害细胞，引发各种各样的病症。因此，植物的抗氧化物质，也可以为我们清除活性氧。

当然，人类身体内也拥有可以去除活性氧的系统。但是，频繁重复着产生、去除活性氧过程的植物，所拥有的抗氧化物质种类和数量尤其丰富。因此，我们人类可以借助植物的抗氧化物质来保持身体健康。

具有多种功能的植物成分

不仅如此，来自植物的成分还有其他特征。植物所产生的成分，往往具有多种功能。

为了与病原菌进行战斗，植物生产出了多种多样的抗菌物质与抗氧化物质。但是，要生产这些化学成分，必须有原料以及合成所需的能量。这样，就必须将原本用于生长的养分与能量作为原料。如果过于注重与病原菌的战斗，它们的生长就会受到影响。这样，就有可能会在与植物的战斗中败北。它们可以使用的资源毕竟是有限的。

于是，植物制造出了同时具有多个功能的物质，可以一石二鸟乃至一石三鸟。比如，花青素是可以去除活性氧的抗氧化物质，但它同时也具有抗菌活性。

不仅如此。花青素溶入水后会增强渗透压，在干燥时可以提高细胞的保水能力，在低温时则可以防止冻结。

而且，花青素还可以作为色素，使物体呈现出紫红色。植物利用花青素的这一功能，使花瓣色彩缤纷，以吸引虫子为自己搬运花粉，或是给果实上色，引来鸟类为自己传播种子。玫瑰花的红色以及葡萄的紫色，都来自于花青素的这一功能。此外，花青素还可以吸收紫外线，保护植物身体不受紫外线的伤害。这到底是一石多少鸟了啊？！

植物所利用的成分中，有许多成分都和花青素一样，具有多种功能。这些多功能性成分也有望在人体内起到各种各样的效果。

被恶魔挟持的植物

在《圣经·新约·马太传》第十三章中，有一个关于"毒麦"的故事。

"毒麦"就是有毒的麦子。正如其名所示，这种杂草带有毒性，一旦家畜误食，可能引发中毒，带来严重的后果。根据《马太传》所说，毒麦的种子是恶魔趁着人们睡觉时播撒到泥土里的。

然而，我们在仔细调查后发现，这种毒麦好像原本并非有毒植物。那么，为什么家畜食用后会引发中毒呢？

其实，毒麦之所以有毒，是由于其受到了内生

毒麦

真菌的感染，这种菌会释放出毒素。

真菌感染了毒麦后，为了使自己栖身的植物不被动物吃掉，生产出了有毒的物质，它通过这种方式来守卫自己惬意的居所。

但是，为什么毒麦受到这种有毒真菌的感染后却没事呢？

恶魔的契约

真菌不仅感染、霸占了毒麦，还在其中制造出了毒素。不过，对于毒麦而言，这也是颇有好处的。如果植物想要自己生产毒素，那也要花费一定的成本。

真菌为保护自己而生产出了毒素，植物也因此能够不被家畜们吃掉。尽管也要被真菌稍稍吸取些养分，但这总比被家畜大快朵颐好些。

就这样，毒麦选择了让制造毒素的真菌寄居在体内，与自己共存的道路。

毒麦为真菌提供栖身之处，而真菌则努力制造毒素来保护植物的身体，它们形成了这样一种互为依托的共生关系。

这种真菌很早以前就已经寄居在了毒麦体内。真菌也会感染到植物种子，一旦受到感染，那么植物的子子孙孙都会持续受到感染。据说，在4400年前法老墓中发现的毒麦种子，就已经受到了真菌的感染。

毒麦的情况绝对不是个案。像这样让生产毒素的菌类寄居在体内的植物并不少见。

栖居在植物体内的微生物一般被称为endophyte，该词源自于希腊语，由表示"中"的endo和表示"植物"的phyte组合而成，意为"植物的体内"。在日语中被称为"植物内生菌"。

谁主沉浮

内生菌是栖居于植物体内的微生物的总称，并不特指某种微生物。在被称作内生菌的微生物中，不仅仅有真菌，还有细菌，种类繁多。

植物身上感染的微生物，可以粗分为真菌类与细菌类。

真菌类是霉菌的同类，与细菌类相比，它是"真正的菌类”，因此被称为“真菌”。用于发酵食品的酵母菌，作为脚气发病原因的白藓菌，都是我们身边常见的真菌类。

另一方面，细菌即为“细小的菌”，顾名思义，它比菌类小。细菌类是由一个细胞构成的单细胞生物。乳酸菌、大肠菌、纳豆菌等是我们身边常见的细菌类。

顺便说一下，除此之外，病毒也会引发疾病，但病毒并不包括在生物内。病毒本身没有细胞，借助其他生物的细胞进行繁殖。生物指的是能自我繁殖的物质，病毒无法通过自己的力量进行繁殖，因此它并不是生物。

内生菌其实也分为真菌类与细菌类。

正如我们在毒麦身上所看到的，这些微生物不仅仅制造毒素，它们还生产出多种生理活性物质，给植物体内带来良性效果。

例如，内生菌不仅制造出了毒素以防止动物来吃，它们还制出了可以使昆虫忌避从而避免虫害的物质。

植物也变得更强大了

因为有了内生菌，植物还具有了不可思议的能力。

虽说是共生，内生菌毕竟还是侵入到植物体内的微生物。因此，植物会适度地接受刺激，准备好防御体系。

当然，如果持续保持防御状态，植物会因消耗能量而疲惫。但是，由于内生菌的刺激，植物始终保持待机状态，随时可以启动防御系统。

因此，当病原菌从外部来袭，植物可以迅速有力地启动防御系统。正如我们为了对抗禽流感病毒而接种弱毒性禽流感疫苗一样。

此外，对抗病害的防御系统，在很多部分是与干燥等环境适应系统相通的。因此，感染内生菌后，还会产生增强植物抵御干燥能力的效果。

当然，产生这些效果，对于栖居在植物体内的内生菌也不是没有好处。如果栖居的植物因为病原菌或是干燥而枯掉了，内生菌也将无法存活。因此，给自己所栖居的植物赋予力量，使其更为强壮，对于内生菌而言是意义重大的。

与微生物共生

与微生物的共生，绝非特殊的个案。

其实，植物与菌类的共生，在自然中随处可见。

植物生长所必需的三大要素是氮、磷酸、钾。然而，植物的根无法直接吸收磷酸，磷酸与泥土中的铁与铝结合在一起，植物无法单独吸收。

于是，许多植物都借助于"丛枝菌根菌"这一菌类。植物的根上裹满了菌丝，看起来就好像是穿着长筒袜。这些菌丝就是丛枝菌根菌。在这种菌类的帮助下，植物可以抽取出磷酸进行吸收。此外，菌丝还可以吸收水分，由此，植物也可以非常有效地吸收水分。因此，在丛枝菌根菌的帮助下，植物的抗干燥能力也得到了提升。

尽管如此，植物在用根吸收水分与养分这么基本的功能方面也要借助于菌类，这还是让人很意外。据说，这种共生的历史非常久远，当原先生活在水中的植物移居到陆地上之时，它们就已经掌握了这种共生方式。

菌类与植物的关系，既是战斗的历史，同时也是共生的历史。

与根瘤菌的共生

说起植物与微生物的共生，豆科植物与根瘤菌的关系非常有名。

拔起豆科植物的根，我们会发现上面有许多几毫米大小的鼓包。这些鼓包被称为"根瘤"，其内部居住着叫做"根瘤菌"的菌类。通过与这种根瘤菌的共生，豆科植物完成了从空气中吸收氮素这一艰巨的任务。

氮素是构成植物身体材料的物质，是植物生长中必不可缺的元素。通常，植物可以吸收泥土中的氮素加以利用。但是，在贫瘠的土地中，泥土里的氮素是非常有限的。

而另一方面，氮素是占大气78%的主要成分。如果可以从空气中吸取氮气，那么获取氮素将变得非常轻松。

通过与根瘤菌的共生，豆科植物实现了这一梦想。根瘤菌具有从空气中吸取氮气的能力，通过让根瘤菌在体内栖居，植物具备了吸取大气主要成分氮气的能力。

植物为根瘤菌提供居所与养分，根瘤菌则向植物提供空气中的氮气。豆科植物与根瘤菌构建起了完美的互助关系。这种对彼此都有利的关系被称为"共生"。

浴血努力

豆科植物与根瘤菌的共生关系，建立起来很不容易。豆科植物与根瘤菌的共生，曾面临一个严重的问题。

根瘤菌在从空气中吸收氮气时，需要耗费巨大的能量。为了制造这些能量，根瘤菌需要进行有氧呼吸。然而，固定氮气时所需要的酶一旦遇到氧气，会马上失去活性。因此，氧气既是必需的，同时又是不能有的。

此时，植物就需要为根瘤菌输送呼吸所需要的氧气，同时又迅速清除多余的部分。为了解决这一问题，豆科植物获得了可以有效运送大量氧分的物质——豆血红蛋白。

我们人类血液中的红血球也拥有豆血红蛋白这一物质，用以从肺部高效输送氧气至体内细胞。豆科植物所拥有的豆血红蛋白，与我们人类所拥有的非常相似。

令人惊讶的是，如果我们切开豆科植物的新鲜根瘤，它就会像是流血般地呈现出红色。这就是豆科植物的血液——豆血红蛋白。为了实现与根瘤菌的共生，豆科植物甚至获得了血液。这真可谓是"浴血努力"吧。

获得豆血红蛋白后，豆科植物实现了与根瘤菌的共生。豆科植物与根瘤菌的共生关系，可谓是鲜血染成的契约。

那么，这种共生关系究竟是如何形成的呢？

令人意外的是，根瘤菌与豆科植物实现共生的过程，居然与病原菌感染到植物身上的过程非常相似。因此，我们可以认为，根瘤菌与豆科植物最先是处于敌对关系的。

最初，根瘤菌试图作为病原菌感染到豆科植物的根部，当然，为了不被感染，豆科植物肯定也进行了奋力反抗。就这样，病原菌与植物在进行了激烈战斗后发现：比起兵戎相见，相互合作对彼此更为有利。于是，它们构建起了共生关系。

豆类与根瘤菌的相遇

豆科植物在生长过程中，会让根瘤菌栖身于自己的根部。那么，豆科植物与根瘤菌的相逢，究竟是怎样发生的呢？

循着豆科植物根部释放出的类黄酮这一物质，根瘤菌寻找到了豆科植物根毛的前端。根瘤菌对植物释放出了某种物质，这与病原菌向植物放出刺激素完全相同。按照常理，植物感知到这种物质后，应该会启动防御系统。

然而，豆科植物对根瘤菌的反应却完全不同。感知到根瘤菌释放出的物质后，豆科植物的根就像是要热情欢迎根瘤菌般的，变成圆形，把根瘤菌包在里面。在豆科植物的引导下，根瘤菌也积极回应，不断地进行细胞分裂，向着根内部进发。

这时候，发生了不可思议的现象——仿佛是在为根瘤菌进行引路，豆科植物细胞在根里面造出了一个圆筒状的通道。这就像是在欢迎根瘤菌。

此时，根毛的根部也开始准备迎接根瘤菌了。细胞开始分裂，准备制造根瘤，为根瘤菌提供居住的房间。

令人吃惊的是，豆科植物根部的根瘤并不是根瘤菌制造的，它居然是植物主动为根瘤菌量身打造的。这样，根瘤菌到达以后，马上就可以在根瘤中进行繁殖，开始固定氮素。

一般而言，植物根毛的功能主要是吸收水分与养分，但是，豆科植物却用它来迎接根瘤菌。

虚有其表的友情

豆科植物与根瘤菌的共生关系看起来似乎非常美好，但事实上，豆科植物与根瘤菌的关系其实并不友好。

根瘤菌有个非常不可思议的地方。

氮素固定菌平时并不进行氮素固定，这很令人意外。固定氮素是需要消耗大量能量的工程，因此，根瘤菌平时并不进行氮素固定，只是靠着分解落叶等维持着朴素的生活。然而，根瘤菌进入豆科植物体内后，马上性情大变，开始勤勤恳恳地固定氮素。

根瘤菌在植物体内获得了安全的居所与丰富的养分，它是为了报恩才进行氮素固定的吗？

上面我们已经说过，为了迎接根瘤菌，豆科植物在根里面制造了通道。但是，这条通道并不是从外部直通至最深处的，通道在中间就中断了。

其实，豆科植物并非接受所有的根瘤菌。豆科植物不断地检查根瘤菌制造出的氮气总量。它们好像是在根据氮气的总量，谨慎地判断计划迎入的根瘤菌数量。

如果根瘤菌已经提供了足够的氮气，那么就没必要再引入新的根瘤菌了。此时，它们就会封闭通道，不再制造根瘤。如果氮素再次不足，它们会重新打开通道，引入必要数量的根瘤菌。因此，进入到豆科植物根部的根瘤菌，绝大多数都无法进入到内部，而是被关闭在豆科植物细长的根毛内。

不仅如此，对于那些氮素固定能力不强的根瘤，豆科植物还会停止输送养分。

豆科植物把根瘤菌骗进自己体内控制起来，然后拼命压榨，迫使它们为自己固定氮素。这令人不寒而栗。不过，根瘤菌也企图作为病原菌感染到植物体内，它以为自己已经顺利地侵入到植物体内了。这样它也无话可说吧。

这真可以说是尔虞我诈。

即使看起来似乎是融洽的共生，其实也完全不能松懈。它们的共生，终究只不过是自私自利的相互倾轧，这才是自然界的战斗。

植物诞生于共生

病原菌是令人恐怖的存在。不过，植物也并非束手无策。

正如内生菌和根瘤菌的例子里所显示的，有时候，植物会巧妙地对病原菌进行怀柔，找到对双方都有利的妥协点，从而实现共生。就这样，植物将微生物的功能巧妙地纳入到自己的体系中来。

其实，所谓"植物"，本来是在和微生物的共生中产生的。

植物细胞里面，有一种叫做叶绿体的细胞内器官。这种叶绿体非常神奇。

DNA存在于细胞的内核，通过核分裂，细胞实现了分裂。然而，叶绿体中还有独立于核的DNA。它可以独立于细胞分裂，随意分裂增加。叶绿体本身就好像是一个单独的生物。

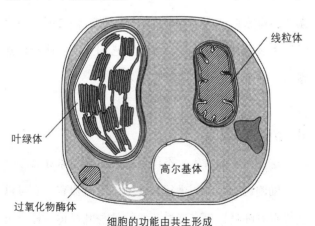

线粒体

叶绿体

高尔基体

过氧化物酶体

细胞的功能由共生形成

其实，叶绿体原本是独立存在的生物。

　　叶绿体本来是一种"蓝藻"，能够进行光合作用。后来，它被吸收到单细胞生物体内实现了共生。这就是现在普遍认为的"细胞共生说"。

　　后来成为叶绿体的"蓝藻"，通过光合作用向细胞供给糖分。作为交换，它获得了细胞内部的安全环境，可以使用细胞内的蛋白质进行繁殖。那么，细胞和"蓝藻"是如何掌握这种共生系统的呢？

　　"蓝藻"进入细胞，原本是为了进行感染，也有人认为是单细胞生物想要吞食"蓝藻"。总之，"蓝藻"和单细胞生物原本是敌对双方。如今，我们已经无法知道它们谁为攻方谁为守方，但它们之间应该曾经发生过激烈的攻防战。最终，它们发现，比起相互厮杀，共生才是对彼此都有好处的。

进一步的共生

　　这种形式的共生，不仅仅发生在叶绿体身上。

　　细胞内有一种叫做线粒体的细胞内器官，它可以进行有氧呼吸，生产能量。线粒体与叶绿体一样，也拥有单独的DNA。因此，一般认为，线粒体与叶绿体一样，原本也是独立的生物。

　　线粒体不仅存在于植物细胞，也存在于动物细胞内。我们人类身体中也有线粒体的存在。它们通过有氧呼吸制造能量，是如今的生物体内不可或缺的成分。

　　其实，线粒体被细胞吸收开始共生，比后来成为叶绿体的蓝藻与细胞的共生还要早些。

　　进行光合作用的蓝藻在地球上诞生，据说是在距今27亿年前。在此之前，微生物只能分解数量极少的有机物，生产养分，维持生存。但是，蓝藻不同，只要有阳光，它就能够以水和二氧化碳为原料制造出养分。于是，蓝藻很快就在地球上蔓延开来。

　　光合作用可以用水与二氧化碳提炼糖分，但同时，也排放出了作为附属产品的氧气。

　　氧气本来是可以腐蚀万物的剧毒。蓝藻到处散播这种剧毒，使地球环境发生了变化。

　　然而，地球上的氧气浓度升高之后，就诞生了可以利用有毒的氧气大量生产出能量的微生物。这就是线粒体的祖先。

线粒体通过与单细胞生物的共生，创造出了可以进行有氧呼吸的单细胞生物。它们利用线粒体提供的丰富能量，逐渐发展壮大，最终成为了如今的动植物的祖先。

与线粒体共生的生物中的一部分，后来与蓝藻进行共生，从而获得了叶绿体。这样就诞生了仅仅拥有线粒体的动物，以及既有线粒体又有叶绿体的植物。

以你为名的生态系统

与菌类、细菌共生，在它们的帮助下生存，这似乎有些不可思议，其实不然。我们人类的身体也是来源于共生。

我们人体的细胞中也存在拥有独立DNA的线粒体。多达60兆个细胞聚集在一起，构成了我们的身体。

不仅如此，我们的身体里面居住着许许多多的生物。例如，我们的肠道里住着大肠菌、乳酸菌等肠内细菌，它们为我们分解食物。人体肠道里的肠内细菌有300种以上，数量据说超过100兆个。我们的身体里面居然生活着如此之多的生命，没有这些肠内细菌，我们将无法生活。

　　另外，我们人类的肌肤上生活着无数的皮肤常居菌，它们为我们阻挡了病原菌从皮肤往体内入侵。

　　和植物一样，我们也与许许多多的生命一起生活。我们的身体本身就像是一个洋溢着生命气息的生态系统。

第四回合　植物VS昆虫

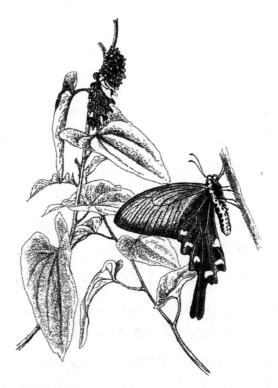

马兜铃和麝香凤蝶

下毒的历史

正如上一章我们看到的，植物与病原菌之间的微观战斗可谓是壮烈凄美。不过，会对植物发动攻击的敌人，不仅仅是病原菌。

对于植物而言，最为恐怖的敌人是昆虫。例如，会蚕食叶子的毛毛虫，就是最为常见的害虫。

毛毛虫可以把整片叶子吃个精光，与病原菌相比，它们体型庞大，简直就是大怪兽。面对小小的病原菌，植物细胞就已经展开了殊死的搏斗。此时它们要面对的，则是太过于庞大的敌人。这已经不是通过细胞自杀这种微观战斗可以击退的了。

追溯人类的历史，当面对靠正当战斗怎么也不可能战胜的强大敌人时，实力弱小的一方还可以采取另外一个手段——下毒。力量强大的人物有时候会突然神秘地死去，尽管在历史上找不到记载，其中肯定潜藏着不少下毒的谋杀吧。

对于植物而言，它们所选择的手段也是一样的。力量弱小的植物要想打败强大的害虫，最容易想到的方法就是毒杀。于是，植物凑齐了所有能找到的有毒物质，用它们来保护自己的安全。

植物的化学武器

说起"毒"，会让人不寒而栗。

有人会想，虽然植物里面也有毒草，但有毒植物也不会太多吧。

确实，用"毒"这个词可能重了些。这些化学物质只是用来击退昆虫，对于人类而言，则几乎都是毒性极小或是无害的。

例如，薄荷等药草的香味，原本是用来击退昆虫的物质。植物可不是为了给人类提神才发出香味的。尽管它们对昆虫而言有毒，对于身躯庞大的人类来说，则正好具有适度刺激感觉神经、使我们放松的效果。

烟草里面含有的尼古丁，原本是用来抵抗害虫的物质。人类如果过量摄入尼古丁，会对身体有害，如果只是少量摄取，则可以缓解紧张。

蔬菜中含有的涩味、辣味或是苦味，最初也都是植物用来抵御害虫的成分。比如，使菠菜带有涩味的草酸，原本也是用来防御的物质。另外，芥末与洋葱的辣味也是植物的化学武器。不过，芥末与洋葱在这种化学武器上稍稍地下了一番功夫。

芥末所拥有的化学武器是一种叫做"芥子苷"的物质。芥子苷本身并没有辣味。但是，当它受到昆虫侵食，细胞被破坏后，细胞内的芥子苷在细胞外酶的作用下，会发生化学反应，制造出一种叫做"烯丙醇芥子油"的辛辣成分。芥末之所以研磨得越碎越辣，也是由于这个原因。

洋葱的化学武器是蒜素，当细胞被破坏后，它会在细胞外酶的作用下，生产出辛辣成分蒜素。我们在切洋葱的时候会被呛得眼泪直流，就是由于此时蒜素正在挥发。

如果一直携带着可以击退昆虫的危险成分，对于植物而言也不是开心的事。于是，芥末和洋葱慢慢形成了这种在受到昆虫侵害时才会瞬间生产出防御物质来攻击敌人的机制。

在欧洲，人们为什么会在窗台上装饰花朵？

在欧洲旅行时，我们常常会看到古色古香的建筑物的窗台上装饰着盆花。精心打扮的窗台使欧洲的城市显得更为美丽。

窗台上经常摆的花是天竺葵。其实，在窗台摆天竺葵，并不仅仅是为了美观，天竺葵会发出一种香味，使虫子们不敢靠近。因此，为了不让虫子进到屋里来，人们在窗台上摆天竺葵。此外，由于可以驱赶虫子，天竺葵还承担了不让邪气进屋、安宅去邪的任务。

窗台上的天竺葵

当然，天竺葵的香味能驱赶虫子，也是出于其自我保护的需要。

许多植物费尽心思，制成了各式各样的化学武器。但是，昆虫也不会就此退缩。如果吃不到植物，它们会饿死。因此，尽管植物制造出了各种各样的化学武器，但昆虫们还是会努力克服，侵食植物。

春蓼也有虫子爱

有一句谚语，叫做"春蓼也有虫子爱"。

春蓼这种植物，有着非常强烈的辣味。但即使是这么辛辣的春蓼，也还有害虫喜欢吃。因此，人们用"春蓼也有虫子爱"来表示爱好各有不同。

虽然植物运用了种种物质来保护自己，但肯定还是有昆虫会来吃。不仅如此，还有不少昆虫很偏食，只吃某种特定的植物。

例如，作为菜粉蝶幼虫的青虫，只吃卷心菜等十字花科植物，因为它吃不了其他植物。同样，凤蝶的幼虫仅以蜜柑等柑橘类为食。另一方面，作为凤蝶同类的金凤蝶，只吃胡萝卜、香芹等伞形科植物。

凤蝶   菜粉蝶

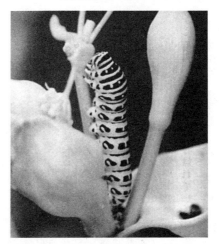

金凤蝶

如上所述，许多昆虫都只吃特定种类的植物。

那么，为什么昆虫们会如此偏食呢？

为了不被昆虫吃掉，所有的植物都在制造毒素。对此，昆虫也会针对毒素相应地进化。于是，植物进一步制造出新的毒素，而昆虫则又针对新毒素进行进化。这样一来，为避免前功尽弃，与其重新开发新的植物，从零开始突破，还不如再下点功夫继续吃一直以来吃惯了的植物。就这样，昆虫突破了植物的防御，植物又重新构建了新的防御工事。通过这种攻防战的反复，植物与昆虫之间进化成了固定的单打独斗的对手关系。

这样一来，其他的昆虫被撇在一旁，它们已经无法突破这种进化而来的防御系统。只有一直坚持与这种植物斗智斗勇的昆虫，才能在全力应战的过程中吃到它。

这种一对一地进行进化的关系，被称为"共同进化"。

利用毒素的坏家伙

然而，现实世界里总是有些生物喜欢打坏主意，有些坏家伙甚至打起了植物辛辛苦苦积攒起来的毒素的主意。

　　马兜铃是一种利用马兜铃酸保护自己的毒草。但令人吃惊的是，麝香凤蝶的幼虫以这种毒草为食。更令人想不到的是，麝香凤蝶还会将马兜铃的毒素在体内存起来。有了这种毒素，麝香凤蝶幼虫就不会被作为捕食者的鸟类吃掉。

　　麝香凤蝶就是这样利用马兜铃毒素来保护自己的。

　　毒素是用来防身的最佳武器，但制造毒素却并不简单。于是，麝香凤蝶夺走了马兜铃辛辛苦苦制造出来的毒素。

　　为保护自己，马兜铃生产出了毒素。然而，在昆虫的肆意蚕食下，最后甚至连辛辛苦苦制成的毒素都被夺走了。这真让人忍受不了。

　　麝香凤蝶把抢来的毒素存在体内，在毒素的保护下，它可以继续悠闲地享用马兜铃的叶子。毛毛虫的天敌是鸟类，普通的毛毛虫或是躲在叶子背面吃叶子，或是白天躲起来，天黑了后才爬出来吃叶子。然而，有毒素保护的麝香凤蝶幼虫却不用担心鸟类的袭击。于是，它们白天就可以在叶子上大摇大摆地用餐。

另外，一般的毛毛虫会呈现出树叶一样的绿色，这样可以隐藏自己，但麝香凤蝶却不同。它们通体黑色，嵌着些红色的斑点，非常醒目，宣示着自己的存在。据说这是一种警戒色，它似乎在警告鸟儿们——你们要是敢，就来吃吃看啊！

彻底利用

对于从马兜铃那里夺来的毒素，麝香凤蝶是不会轻易放手的。可恨的是，麝香凤蝶长成成虫后，还会继续持有在幼虫期抢来的毒素。因此，麝香凤蝶成虫也呈现出黑色翅膀红色斑点这种剧毒警戒色。

与其他蝶类相比，麝香凤蝶在飞的时候会张开翅膀，缓缓地飞舞。这也是为了避免被鸟儿误认成其他蝶类而吃掉它，特意显示自己是有毒的蝴蝶。

不仅如此，麝香凤蝶在产卵时，还会在卵表面涂一层毒素，将卵产在马兜铃上。幼虫从卵中孵化出来后，先吃掉卵壳获取毒素，随后，它们还可以通过食用马兜铃补充毒素。就这样，摄入体内的马兜铃毒素让麝香凤蝶受益终生。

麝香凤蝶还有个别名，叫做"菊虫"。

在怪谈《播州碟屋》中，因为被冤枉打碎了一个贵重的碟子，阿菊惨遭杀害后被投入枯井。从此以后，阿菊的幽灵每天晚上都会出现，怨恨地数着碟子。那口枯井中也出现了许多恐怖的虫子，样子就好像是手被绑在身后的女孩。这就是菊虫。不过，真正的菊虫不会因为碟子不够而哭泣，它可是"食毒连碟一起吞"。

真正感到怨恨的，不会是有"菊虫"这个外号的麝香凤蝶，而应该是马兜铃吧。

臭味也无济于事

鸡矢藤也是一种依靠毒素保护自己的植物。

鸡矢藤的日语名为"屁粪藤"。"屁粪藤"这一名字的由来，是因为它会释放出恶臭。这种发臭的成分是一种名为"鸡矢藤甙"的物质，这是一种硫黄化合物，分解后会成为一种名叫"硫醇"的挥发性气体。

然而，尽管有这么臭的气体护身，鸡矢藤身上还是有不少的害虫。鸡矢藤长须蚜虫就是其中之一。

这种蚜虫丝毫不介意臭味，大口吮吸鸡矢藤的汁液，这令鸡矢藤很是头疼。不仅如此，这种蚜虫居然还将发臭物质存在了体内，它要用这种物质来抵御外敌。

鸡矢藤

蚜虫的天敌是瓢虫。然而，被鸡矢藤寄予厚望的瓢虫，面对散发着臭味的蚜虫时，也顿时胃口全无。

因此，鸡矢藤原本打算用臭味来保护自己，结果完全适得其反。

为了不惹人注意，蚜虫往往都呈现出与植物一样的绿色。然而，这种蚜虫却是一身醒目的粉色。通过这种颜色，它在宣示着自己的难以下咽。

麝香凤蝶呈现出醒目的颜色，也是同理。

对于植物而言，昆虫是非常棘手的敌人。昆虫的更新换代非常之快，很容易不断进化。因此，即使植物辛辛苦苦地备好了有毒成分，昆虫很快又会进化出应对措施，突破植物的防御系统。通过毒素来击退敌人的方法，无法用来躲避昆虫的攻击。那么，该怎么办才好呢？

植物想到的方法是——不用强烈的毒素，而使用弱毒性。

使用弱毒性

如果植物想要完全挡住昆虫的攻击，那么昆虫也会全力突破防御，最终防御网还是会被突破。不仅如此，就连辛辛苦苦制出来的毒素也会被昆虫据为己有，那就太惨了。

那么，植物该怎么办才好呢？

与其想方设法胜过昆虫，还不如稍稍让它吃掉些，假装做出落败的样子，努力使损失不至于扩大，这样更有现实意义。于是，植物想出了几个对抗的方法。

其中一个办法，就是促进昆虫的生长。

有一种名为牛膝的植物，它含有可以促进昆虫脱皮的生长激素类物质。使昆虫脱皮，促进生长，这对于昆虫而言是颇有好处的。那么，为什么植物会这么好心地为害虫制造这种物质呢？

其实，这正是牛膝的高明之处。

蚕食牛膝叶的蚜虫在成长的过程中，要反复脱几次皮后才能长为成虫。然而，它们吃了这种物质后，体内激素会发生紊乱，在身体还没有长大之时，就多次蜕皮成为成虫。这样，牛膝通过缩短蚜虫的生长周期，减少被它们蚕食的量。这就好像是当我们面对不欢迎的客人时，会早早地送出礼物打发他回去一样。

如果强行驱赶的话，会遭到昆虫的反击。于是，植物通过假装被昆虫蚕食的方法来赶走昆虫。这是多么巧妙的方法啊。

降低昆虫的食欲

为了减少损失，植物还会想办法使昆虫的食欲下降。

柿子与茶水的涩味来自于丹宁酸，这是降低昆虫胃口的代表性物质之一。所谓丹宁酸，其实包括多种多样的成分。其中，许多物质与花青素等植物生产的其他物质结构相似，相对而言较容易生产。不管是从根部吸收，还是通过光合作用制造，植物的养分都是有限的，虽说是为了击退昆虫，但预算终究是有限度的。因此，不管多么有效，如果生产起来需要大量的物质原料，或是需要使用能量来生产，总是有些舍不得。许多植物之所以会利用丹宁酸，很大程度上也是由于它具有生产简单这一优点。

丹宁酸与蛋白质等结合后可以使其凝结。茶杯里面之所以会有许多褐色的茶垢，也是由于丹宁酸的作用。

丹宁酸可以使昆虫拥有的消化酶发生变化，进而引发消化不良。这样，就可以减轻昆虫的食欲，使它们少吃叶子。

对我们人类而言，丹宁酸具有止泻的药效。丹宁酸可以与食物的蛋白质相结合，使其收敛，从而达到止泻的效果。

童氏老鹳草

老鹳草（日语名为"风露草"）科的童氏老鹳草（日语名为"效果立现草"），自古以来就被用于止

泻，它的日语名字就来源于其确凿的药效。这种药草
的药效成分之一正是丹宁酸。

昆虫的反击

如上所述，对植物而言，丹宁酸是非常合适的防
卫物质。

但是，昆虫也不会就此罢休。从昆虫的立场来
看，不吃植物，它们就无法生存下去。所以，绝对不
能食欲不振。

于是，昆虫们也想出了种种对策，来突破丹宁酸
的防御。

例如，箩纹蛾在自己的消化酶中分泌出了可以防
范丹宁酸作用的物质。于是，它可以抑制住丹宁酸的
作用，继续享用叶子。箩纹蛾就像是同时服用了抑制
胃液的胃药和激活肠胃的消化药，胃里面正进行着化
学战。

不仅如此，最终甚至出现了可以利用丹宁酸来防
身的昆虫。昆虫可真是难对付。那么，对于这种会影
响食欲的丹宁酸，昆虫是怎样利用的呢？

盐肤木的虫瘿

　　角倍蚜是一种喜欢寄生在盐肤木上的害虫。春天，角倍蚜会吸食盐肤木树叶的汁液，受到刺激后，盐肤木的植物体会变得异常肥大，形成瘤状，把蚜虫包裹在内。这种瘤包被称为"虫瘿"。虫瘿是指在昆虫的刺激下，植物的细胞失去了原先的功能，异常繁殖或是肥大，从而呈现出瘤包状的现象。可以说，这就像是植物身上的癌细胞。

　　虫瘿的具体形成机制目前还不清楚，但一般认为，蚜虫为了在植物体内构筑自己的住所，有意控制植物的细胞而形成了虫瘿。对于蚜虫而言，虫瘿是非常舒服的安乐窝。在虫瘿的保护之下，蚜虫得以在里面连绵不绝地生儿育女。

当然，盐肤木也会采取对策。它在体内攒积起防御物质丹宁酸，试图击退蚜虫的不法入侵。

丹宁酸不仅可以使昆虫食欲不振，它还通过氧化来固化细胞，使自己不会轻易地被虫子吃掉。水果和蔬菜等的切口在遇到空气后会变成茶褐色，就是由于丹宁酸在通过氧化保护切口。

然而，蚜虫已经进化到可以控制细胞制作虫瘿的程度了，丹宁酸是不足为惧的。另外，蚜虫吃树叶时不是大口吞食，而是用吸管般的嘴小口吸汁。因此，丹宁酸的缩减胃口的效果并不明显。

渔翁得利的人类

但是，故事没有就此完结。看着一败涂地的盐肤木，人类偷偷地笑了。

丹宁酸可以跟蛋白质等各种物质结合，起到稳定物质的作用。这种功能对于人类而言，也具有很高的利用价值。比如，丹宁酸可以稳定色素，所以被用在了染料与墨水工艺中。另外，丹宁酸与胶原蛋白纤维结合后可以增强皮肤强度，因此也被用于护肤。以前人类没有化学合成技术，只能从植物身上直接采取丹宁酸。因此，积蓄了丹宁酸的虫瘿，就成了对人类大有用处的宝贝。

据说，富含丹宁酸的盐肤木虫瘿，被称为"五倍子"，曾经深受人们喜爱。

对于栖身其中的昆虫来说，虫瘿是极佳的居处。所以，不仅仅是蚜虫，苍蝇、蜜蜂、蓟马、象鼻虫等昆虫也都已经进化到可以在植物体内形成虫瘿的程度。这些虫瘿又给人类带来了喜悦。

但是，我们不应该忘记，在虫瘿里面大量存留的丹宁酸，其实是植物奋死反抗的痕迹。

化为虫卵，欺骗到底

前文在"共同进化"部分已经介绍过，昆虫对毒素的反应非常快。因此，植物通过毒素来防身的效果终究有限。那么，有没有其他可以抵抗害虫的方法呢？

在昆虫的世界里，不少昆虫通过拟态为自然物来保护自己。例如，竹节虫和尺蠖会装成树枝，蝗虫和螳螂则会扮成疑似树叶的颜色。

但是，它们之所以能奏效，是由于它们面对的天敌是鸟类。作为昆虫天敌的鸟类，视力都非常好，所以昆虫可以通过拟态来欺骗鸟类。但是，作为植物天敌的昆虫，不是像鸟一样通过视觉来觅食。因此，植物很难通过拟态来保护自己不受害虫侵袭。

但是，还是有植物可以通过拟态来保护自己。比如西番莲之类。

西番莲

西番莲赖以保护自己的，是氢氰酸糖苷和生物碱等有毒成分。然而，毒蝶的幼虫对这种毒素毫不在意，它们可以尽情享用西番莲的叶子。不仅如此，就像麝香凤蝶与鸡矢藤长须蚜虫一样，毒蝶的幼虫会把西番莲的毒素存在体内，据为己有。毒蝶把从西番莲夺来的毒素用于抵抗天敌鸟类，保护自己。毒蝶的"毒"，其实是从西番莲那里抢夺来的。

那么，西番莲该怎么办呢？

于是，西番莲想出了妙招。有些西番莲的叶子和叶根部有黄色的凸起。这些黄色的凸起，是对毒蝶卵的拟态。

如果在同一个地方产了过多的卵，幼虫会争抢食物，所以，毒蝶产卵的时候会避开已经有卵的地方。因此，西番莲伪装成已有卵产在那里，由此来防止毒蝶产卵。

令人遗憾的是，通过拟态来保护自己，并不是对任何昆虫都能奏效。

毒蝶拥有巨大的复眼，在蝶类中视力出众。西番莲就是利用了毒蝶出众的视力，巧妙地实施了欺骗。相反，这种办法对于眼睛不好的昆虫是没有用的。

向天敌求救

如果总是使用同一种毒素，那么害虫也会想出对策。

但是，如果增强毒性，又可能会被麝香凤蝶那种害虫将毒素据为己有，好容易才做出来的毒素会被害虫夺去防身。

这样的话，植物就吃不消了。

这么说来，麝香凤蝶之所以不解毒而接着利用，是因为它们害怕天敌。那么，对于植物而言，与其用自己的力量来击退害虫，主动借助害虫们所害怕的天敌的力量不是更好吗？

植物在被害虫蚕食叶子时，会释放出一种挥发质。这种物质由萜烯等可以抵抗病害虫的物质构成。然而，以植物为食的害虫，不可能会害怕这些物质。

尽管如此，植物还是会不断地释放出挥发质。从被蚕食的植物中释放出的挥发质，就好像是它的SOS求助信号。

"救命……"感受到这种惨叫似的挥发质后，旁边的其他植物寸步难移，爱莫能助，只能作壁上观。

不过，捕捉到挥发质后，周边的植物马上会释放出防御物质来保护自己。不管怎么求救，对于其他植物而言，毕竟事不关己，还是赶紧保护好自己重要。这好像有些"世态炎凉"，但谁不是这样呢。

英雄登场

"救命……"任凭植物叫破喉咙，昆虫还是大快朵颐。旁边的植物都只关心自己，完全不来帮忙。就在植物感到快要一命呜呼的时候，有个英雄循着声音来救植物了。

根据对卷心菜和玉米的研究发现，感知到植物发出的挥发质后，毛毛虫的天敌——寄生蜂会赶过来，就像是听到了求救声后赶过来的英雄一样。

寄生蜂是毛毛虫畏惧的天敌。寄生蜂会在毛毛虫的体内产卵，虫卵孵化出的幼蜂，会把毛毛虫吃掉。对于植物而言，真是期盼已久的英雄。

就这样，植物释放出的挥发质，具有召唤昆虫天敌的作用。

不过，要说寄生蜂是为了救助植物而来，其实也并非如此。如果站在寄生蜂的立场来看，毛毛虫只不过是用于产卵的猎物而已。但是，要找到毛毛虫却也并非易事，即使到处去找也未必能找到。于是，寄生蜂就借助植物释放的挥发质高效地搜寻毛毛虫。

自然界不存在互帮互助。每个生物都自私自利，只管自己。但是，不管通过何种手段，如能建立对彼此都有利的双赢关系，那是最好的。

寄生蜂从没想过要帮助植物，但是从结果来看，它是循着植物发出的SOS信号赶过来消灭害虫的正义伙伴。对于植物而已，这已经足够了。

雇佣"保镖"的植物

像喊来寄生蜂这样，借助昆虫的力量来打击害虫，是非常有效的方法。于是，把强大的昆虫雇佣为保镖的植物也应运而生。

所谓"强大的昆虫"，就是蚂蚁。

令人意外的是，蚂蚁被认为是昆虫界最为强大的昆虫。

像独角仙、胡蜂这些看起来比蚂蚁更强大的昆虫可以说是不计其数，为什么说蚂蚁是最强大的呢？

这是因为，蚂蚁会成群结队地发动攻击，这是独角仙等比不上的。

另外，许多蜜蜂之所以会把巢倒挂在树枝上，据说也是由于担心蚂蚁的侵袭。因为害怕蚂蚁，蜜蜂还会在巢与树枝的结合部涂上蚂蚁不喜欢的物质。要是能把如此强大的蚂蚁雇为保镖，就可以保护自己不受其他昆虫的侵害。那么，怎样才能把蚂蚁收为己用呢？

要说植物所生产的蜜，最常见的是花蜜。也有些植物，除了花之外，在叶子根部等处还有蜜腺，被称为"花外蜜腺"。这些植物以蜜为报酬，雇佣了蚂蚁。蚕豆、野豌豆、樱树、野梧桐、虎杖、红薯等是我们熟知的植物，如果仔细观察的话，我们会发现，它们的根部也有蜜腺，用来吸引蚂蚁。

当然，在蚂蚁看来，它完全没有必须保护植物的义务。但是，为了能够获得蜜，它们会驱赶靠近花外蜜腺的昆虫。于是，从结果上看，它们就保护了植物不被害虫所害。

提供住所的雇佣关系

为了拉拢蚂蚁，有些植物进一步提高了待遇。它们不仅提供食物，甚至还提供了住宅供蚂蚁家人居住。

这些植物被称为"蚂蚁植物"。它们在树枝中留出空间，让蚂蚁居住其中。当然，食物也极尽奢华。这些植物不仅为蚂蚁提供了蜜等糖分，还有蛋白质、脂肪等营养成分。因此，蚂蚁仅需要住进这些植物，就能衣食无忧了。作为交换，蚂蚁们只需为植物赶走那些想来吃叶子的毛毛虫等昆虫即可。

令人遗憾的是，在日本这种冬天寒冷的地区，蚂蚁必须在地下筑巢过冬，无法一年四季都住在树上。因此，好像还没有出现为蚂蚁提供住所的植物。但是，在那些不需要担心过冬的热带地区，胡椒科、蓼科、荨麻科、豆科、泽漆科、西番莲科、萝藦科、茜草科、棕榈科等，许多植物都以极其相似的形式实现了与蚂蚁的共生。在植物的热情邀请下住进了心仪的豪宅后，热带蚂蚁都格外尽责。哪怕人类靠近植物，蚂蚁也会剑拔弩张地攻击过来。真可谓是忠心耿耿的保镖。

不仅如此。蚂蚁们还会啃掉长到植物周边的其他植物的新芽，咬下缠到树干上来的藤蔓，清除掉碍手碍脚的其他植物叶子，让植物能够更好地晒到阳光。蚂蚁对植物的照顾可谓是无微不至。

不过，蚂蚁的辛勤劳作也不是为了植物。对于蚂蚁而言，植物是它们的住所。蚂蚁的所作所为，只是在打扫自己的居所而已。

害虫的反击

有了蚂蚁的保护，害虫们就难以靠近植物了。

但是，害虫也不能就此罢休。如果吃不到植物，害虫们将无法存活。那么，该怎么办才好呢？

蚂蚁是最强大的昆虫。既然是这样的话，那就只能想办法把蚂蚁拉拢过来了。毕竟蚂蚁也只不过是植物用蜜雇来的保镖，只要报酬足够丰厚，也不是不可能让它们倒戈吧。

蚜虫是一种弱小的害虫，没有任何武器。但是，蚜虫却很神奇地收买了蚂蚁。蚜虫可以分泌出比植物蜜还要美味的甘露。在这种美味的诱惑下，蚂蚁们居然成了保护植物害虫——蚜虫的保镖。蚂蚁不仅不驱赶蚜虫，反而会帮助蚜虫驱赶蚜虫的天敌。于是，在蚂蚁的保护下，蚜虫可以悠闲地享用植物的汁液。

植物该有多伤心啊。本来应该是保护自己的蚂蚁，却在保护侵犯自己的敌人。

对于害虫而言，拉拢蚂蚁是非常有效果的。除了蚜虫之外，还有许多害虫，例如粉虱、介壳虫、角蝉等，也都和蚜虫一样，通过分泌出美味的甘露，巧妙地对蚂蚁实行了怀柔。

敌人也可以利用！

"只要自己好就行"，这是自然界的通理。

但是，如果都只管自己，那么相互之间的利益就会发生冲突，最终双方都得不到好处。

与其这样，如果能像与寄生蜂之间的关系一样，不仅自己得到好处，对双方都有利处，岂不是更好吗？

于是，植物就反过来利用"被吃"，找到了通过被昆虫吃掉而获取成功的道路。

那么，"利用被吃掉"，到底是怎么一回事呢？

为了进行授粉，植物生产出了花粉。曾几何时，植物是依靠风来传播花粉的风媒花。但是，风没有定性，依靠它们来传播花粉，效率非常低下。因为不知道风会把花粉送到什么地方，花粉顺利传播到其他花的概率很低。因此，风媒花必须大量产生花粉。

后来，来了以花粉为食的昆虫，花粉被大快朵颐。昆虫们在花丛中到处觅食花粉，不知不觉中，粘在昆虫身上的花粉也被带到了其他花上，从而实现了授粉。于是，植物就开始让昆虫来传播花粉。与风媒花相比，由在花丛中穿梭的昆虫来传播花粉，效率明显要高得多。

当然，昆虫并没有想要运送花粉，它们只是在到处觅食花粉而已。但是，因为昆虫的缘故，植物再也不需要大量地生产花粉了。即使算上被昆虫吃掉的花粉，植物也可以比以前少生产不少花粉。

而且，有了减少花粉生产数量而节省下来的成本，植物给花装扮了美丽的花瓣来吸引昆虫，还准备了花蜜作为诱人的食物。

昆虫原本是为了吃花粉而来的害虫，然而，植物却巧妙地利用了作为敌人的昆虫。

最先开始为花儿传播花粉的，据说是金龟子类。随着昆虫与花的关系的发展，昆虫慢慢地进化成了像蜜蜂这样在花丛中穿梭的昆虫，而花也实现了向美丽外表与复杂形状的进化。

相互欺骗有好处吗？

花为昆虫提供了蜜，作为交换，昆虫帮助花儿运送花粉。这是多么美好的共生关系啊。但是，自然界是残酷的现实世界，没有必须互帮互助的道德，也没有必要真正地互相帮助。

于是，有的植物会欺骗昆虫来为自己运送花粉。

昆虫闻到了花香就会赶来。因为在植物与昆虫的约定里，发出花香就表示其中有花蜜之类的食物。

然而，有些植物虽有香味，却无花蜜。

比如，芋科的细齿南星和天南星都散发着诱人的香味，可以让苍蝇为它们运送花粉。这些植物分为雄株和雌株，雌株的结构非常复杂，苍蝇进入后，就会难以飞出去。为了脱身，苍蝇会在里面到处扑腾寻找出口。植物通过这种方式实现授粉。比起共生关系来，这种方法较为残酷。

此外，西洋兰的花形状酷似雌蜂。这种冒牌的雌蜂把想要交尾的雄蜂骗过来，借此实现授粉。因此，西洋兰既没有向蜜蜂付出花蜜，也没有给它花粉，就成功地完成了花粉运送。

西洋兰

斑杖

另一方面，昆虫也没有必须要为植物运送花粉的义务。在传播花粉的昆虫中，已经完成了进化的是蝴蝶类。蝴蝶用它长长的细足停在花瓣上，然后用吸管般细长的嘴巴吸食花蜜。因此，花粉无法沾到蝴蝶身上。人们都很喜欢美丽的蝴蝶，但是，在植物看来，这些蝴蝶背叛了植物与昆虫之间的共生关系，可以说是"盗蜜贼"。

当然，它们之间并没有签订协议，所以也不存在什么义务。自然界无奇不有。

但是，即使是在这种无情的自然界，欺骗昆虫来运送花粉的方法也并不是主流。虽然自然界冷酷无情，所有的生物都自私自利，但还是有不少植物与昆虫在互帮互助中和谐共生，这种现象很具有启示意义。

最终，虽说稍稍欺骗一下可以短期获利，长久看来，真诚地互相帮助才是对彼此都有利的。

第五回合　植物VS动物

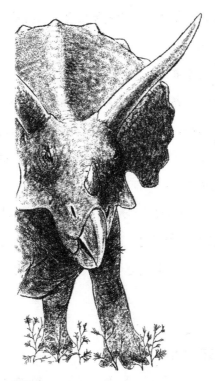

三角龙

庞然大物的登场

与看不见的敌人——环境的战斗，与作为竞争对手的其他植物的战斗，与病原菌的微观战斗，还有与昆虫这种强大敌人的战斗，植物早已身经百战。但是，它们的战斗是永无止境的。就好像在游戏中，越是到后面，出现的BOSS也就越厉害，植物最终迎来了庞大的敌人。

这就是动物。

虽说是"战斗"，植物与动物之间并不存在"谁吃谁"的问题，它们之间一直是动物吃、植物被吃的"吃与被吃"的关系。在与动物的战斗中，植物始终处于被吃的地位。

植物总是被吃的一方，在恐龙时代就是如此。恐龙分为吃植物的食草恐龙，以及吃食草恐龙的食肉恐龙。

由此可见，从遥远的古代开始，植物就是被吃的命。

防止恐龙的食害

那么，为了防止恐龙的食害，植物是如何做

的呢？

它们把自己的身躯变大了。毕竟恐龙都是庞然大物，为了对抗恐龙，植物也选择了大型化。

在关于恐龙的电影中，我们经常可以看到，高达数十米的巨大植物组成了森林。如果长成了参天大树，就不会轻易地被恐龙吃掉了。于是，植物竞相巨型化。

当然，恐龙也不会就此罢休。

恐龙中有些大型食草恐龙，如雷龙、腕龙，它们的脖子非常长。为了能吃到高处的树叶，恐龙也在不断进化。

既然出现了脖子很长的恐龙，那么植物也必须进一步巨型化。而植物巨型化之后，食草恐龙的脖子又变得更长。就这样，植物与恐龙竞相实现大型化。更为庞大的身躯，就意味着战斗的胜利。

不过，这也有赖于当时的气候条件。

在恐龙繁荣的时代，气温非常之高，空气中充满着进行光合作用所必需的二氧化碳。因此，植物的生长非常旺盛，可以实现巨型化。

恐龙时代的终结

恐龙灭绝的原因，现在还不明确。一般认为，这与小行星撞击地球后卷起的粉尘导致地球环境变冷有关。

但是，在关于恐龙灭绝的几种解释中，也有人认为是其他原因导致了恐龙的衰退。

其中之一，就是植物的进化。从恐龙繁盛的中生代侏罗纪后期到白垩纪，植物也完成了急剧的进化。在侏罗纪，大型的针叶树非常繁茂，而到了白垩纪，开花结果的被子植物开始繁盛起来。

被子植物的进化过程还不明确，依旧是迷雾重重。但是，一般认为，它诞生于原本温暖稳定的气候开始降温的环境变化过程中。

进而，被子植物也完成了从大型木本植物向小型草本植物的进化。

大型针叶树要用很长的时间才能长成巨大的躯体。而草本被子植物却可以很快地生长、开花，然后通过昆虫输送花粉，实现高效而准确的授粉。因此，被子植物可以在较短的周期内进行更新换代，实现进化。

　　我们有充足的理由认为，在与蕨类等裸子植物的竞争中实现了大型化的食草恐龙，最终没有能够跟得上被子植物的进化速度。例如，由于没有可以用来消化被子植物的酶，恐龙们纷纷患上了消化不良。

　　据说，在进化了的被子植物日益扩大分布范围的过程中，灭绝之前的恐龙与走投无路的裸子植物最终在同一地点被发现。随着被子植物分布的扩大，裸子植物的分布范围逐步缩小，恐龙们也因此而无处栖身。

吃草的恐龙

　　当然，恐龙也不是完全没有发生进化。

　　有些恐龙也发生了进化，它们开始吃被子植物了。深受孩子们喜爱的三角龙，就是可以食用开花被子植物的进化了的恐龙。

　　之前的食草恐龙们，与裸子植物竞相实现巨型化。为了能够吃到高处的树叶，它们的脖子也变长了。

但是，三角龙不同。腿短个矮，头部朝下，这种体型显然很便于吃地面的花草。

我们可以想象一下三角龙吃植物的样子，它简直就像是吃草的牛或是犀牛。为了追求功能性，不同的物种会进化成相似的样子，这种现象被称为"收敛进化"。例如，鱼类中的金枪鱼和哺乳类中的海豚都呈现出流线型，哺乳类中的鼹鼠和昆虫中的蝼蛄都呈现出适宜在地下生活的样子，这些都是收敛进化。三角龙与牛、犀牛相似，也可以说是收敛进化的一个例子吧。

但是，被子植物的进化速度明显超出了恐龙的进化速度，即使是三角龙，也难以跟上植物的进化。

有毒植物对恐龙的赶尽杀绝

在关于恐龙灭绝原因的假说之中，有一个是"植物碱中毒说"。

为了摆脱被吃掉的命运，被子植物在进化过程中掌握了"植物碱"这种有毒成分，吃了这类植物的恐龙们会因此而中毒死亡。

如今，被称为"活化石"的原始被子植物中，有许多都是有毒植物。被子植物获得有毒物质的明确原因目前还不清楚。但是，至少可以认为，被子植物的毒性给恐龙带来了极大的伤害。对于有毒的植物，人类等哺乳类会感觉到"发苦"，因此敬而远之，但是，爬虫类对于有毒物质却非常钝感。恐龙无法识别有毒植物，因此才会大量摄入吧。据说，在恐龙时代末期的化石中，可以发现器官异常肥大、蛋壳变薄等疑似中毒的症状。在描写恐龙在现代复活的科幻电影《侏罗纪公园》中，也有三角龙因为食用有毒植物而中毒倒地的画面。

在加拿大阿尔伯塔省德拉姆海勒地区，人们发现了大量恐龙时代末期的化石。在这个地区7500万年前的地层中，发现了三角龙等8种角龙，而在其6500万年前的地层中，却已只剩下1种角龙。

另一方面，在此期间，哺乳类的化石则从10种增加到了20种。

确实，恐龙灭绝的直接原因可能是小行星的撞击，但是，由于植物的进化，恐龙们当时已经踏上了逐渐衰弱的道路。

新敌人的登场

就这样，恐龙灭绝了，植物与恐龙之间的战斗就此告终。其后，成为植物新敌人的是哺乳类。但是，此时植物已经无法再如恐龙时代那样通过巨型化来战斗了——地球的气候已经发生了巨大的变化。

另外，由于造山运动，陆地发生隆起，地面的岩石发生风化时，会吸收二氧化碳，于是，大气中二氧化碳的浓度急剧下降。因此，植物已经无法再像恐龙时代那样进行巨型化。

那么，植物怎样才能够让自己不被哺乳类吃掉呢？有效的对抗手段之一，就是拥有毒素。

使用毒素，对于昆虫而言很难奏效，但针对哺乳类，却是极为有效的手段。

昆虫的数量繁多，更新换代迅速。即使植物在体内准备了毒素，无数的昆虫中总有些可以活下来，于是，不惧毒素的昆虫会繁殖起来。这样一来，植物特意研制的毒素会失去效用。与此相比，哺乳类动物产子较少，无法像昆虫那样大量繁殖。同时，更新换代也较为缓慢，很难产生出不怕毒素的个体。

势均力敌

不过，哺乳类动物怎么可以轻易地就中毒死掉呢？于是，它们掌握了感知毒素的能力。当我们吃到对身体有害的有毒物质时，舌头就会感到发苦或是辛辣。于是，就可以不吃下有毒成分，把它吐出来。人类的味觉，并不是为了品尝食物而发达起来的。对人类而言，富含营养价值且安全的食物甘甜，危险的物质则发苦。味觉是人类为了进行这种判别，保护生命远离危险的过程中获得的能力。

另一方面，哺乳动物获得了味觉，对于植物而言，也是非常好的事情。

植物辛辛苦苦制造出了毒素，如果躯体庞大的动物毫不察觉，一直吃到死为止，那么会怎样呢？虽然作为敌人的哺乳类最终死掉了，但在那之前，相当数量的叶子也会被它吃掉吧。

植物并不是想要杀死对手。如果哺乳动物在第一次吃到有毒植物时，就能判断出不能吃从而作罢，对于植物而言，这样才是更好的结局。

或许，在哺乳动物进化出了可以将毒素识别为苦味的机能时，植物也发生了进化，拥有了容易被动物作为苦味识别的物质吧。

草食动物抗毒能力的进化

据说，猫、狗之类如果大量食用巧克力，会引发中毒死亡。这是由于，可可所拥有的可可碱，对于狗与猫而言是有毒物质。

这种可可碱也会被人类感知为有毒的苦味，然而，对于人类而言，这种苦味程度正好，让人觉得很是美味。可可碱虽是有毒的物质，但是人类可以将其代谢，实现无毒化。

人类食用的蔬菜中的葱和洋葱，对于猫狗而言，也是有毒物质。

人类是食用植物的动物，因此，在一定程度上，人类具备了抵抗植物毒素的手段。但是，猫和狗本来就是肉食动物，在野生的情况下，是不会吃植物的。因此，它们没有对于植物毒素的感知与防御系统，面对毒素，它们毫无防备。

对于猫狗有毒的巧克力，在人类看来则是美味的食物，这也说明了人类已进化出了一定程度的植物毒素防御能力。

另一方面，据说人类常用的麻醉药品阿托品对兔子没有效果。阿托品是茄科植物所拥有的植物碱。兔子是草食动物，拥有发达的植物防御能力，甚至拥有了可以分解这种植物碱的酶。如果身处食物丰富的环境，兔子可以尽量不吃毒草。而如果周边食物有限，那么即使是毒草也不得不吃。因此，兔子进化出了可以分解生物碱的能力。另外，兔子是弱小的动物，以毒草为食物，还可以避免与大型食草动物争夺食物。

另外，生活在澳大利亚的考拉，以食用桉树叶而闻名。但是，桉树是有毒的植物。考拉只食用桉树叶，说明它仅以毒草为食。考拉的盲肠长达两米，是哺乳动物中最长的，盲肠中的细菌可以分解桉树的毒素。

吃桉树叶的考拉

由此可见，对于植物所拥有的毒素，哺乳动物们也不是束手无策。

为什么有毒植物不多呢？

制造毒素，对于哺乳动物而言是非常有效的手段。

那么，为什么植物没有都成为拥有毒素的有毒植物呢？

上文已经介绍过，为了与病原菌和害虫作战，植物拥有了抗菌物质等种种物质。此类物质多由碳水化合物制成，而碳水化合物可以通过光合作用生产出来。因此，植物生长过程中，可以产生出无数的碳水化合物。

另一方面，植物碱以氮化合物为原料。氮气是植物从根部吸收的珍贵资源，是植物生长过程中不可或缺的。对于植物而言，如果想要生产植物碱等有毒成分，就必须相应地削减用于生长、孕育种子的氮气。

植物不仅要与哺乳动物进行战斗，还需要不停地与其他植物进行斗争。因此，一旦生长速度变慢，或是种子数量变少，对于在竞争中的植物来说都是致命的。

在植物密集竞争的地方，被哺乳动物彻底吃掉的可能性不是很大。因此，哪怕稍稍被动物吃掉些，把制毒的能量用于伸展枝叶努力生长，才是更为合理的选择吧。

以刺防身

植物的防御系统中还有物理武器，其中，最具代表性的防御手段是棘刺。

植物通过使前端尖锐，以阻止动物的食害。这种方式尽管很简单，但简洁的防御往往是很有效的。在草原与牧场上，我们经常可以看到带刺的植物躲过了食草动物的食害存活下来的景象。

植物费尽心思制作棘刺。玫瑰、椒木、花椒等通过使表皮变化，制作出了棘刺。皂荚树的尖刺，来自于树枝的针状化。作为柑橘同类的枸橘，则将细刺分布在茎上，但这些细刺并非来自于茎本身，而是由茎上的叶子变得极细后形成的。

把叶子变成细针状的典型植物是仙人掌。仙人掌把叶子变得如针般细，一方面可以防止水分通过叶子蒸发，同时还可以保护自己不受动物的食害。

驱鬼荆棘之谜

在日本，立春前夜，人们会在把烤好的沙丁鱼头穿在柊树枝上，插在门口。据说，柊树叶的尖刺与沙丁鱼的臭味可以驱鬼辟邪。

柊树

　　柊树叶是常绿叶，即使在冬天也保持绿色。在寒冷的冬季依然充满生命力的植物，都被人们当成是特殊的存在，比如，松树与竹子被认为很吉利，杉树与杨桐被种植在神社内。因此，柊树也被用来驱鬼。

　　但是，柊树叶布满棘刺，其实并不是为了驱鬼。在食物稀少的冬天仍然保持绿色的树叶，很容易被动物们盯上。因此，柊树的叶子带刺，不是为了驱鬼，而是为了保护自己远离动物的食害。

其实，柊树只有在年轻时才带刺。一旦成为老树，棘刺就会脱落殆尽，变成圆溜溜的叶子。

柊树老了以后就脱去棘刺，这也是有原因的。叶子上布满棘刺，确实可以不被动物吃掉，但也会造成叶子面积的相应减少。冬天的日照本来就不多。柊树想要尽可能伸展树叶，尽量多吸收阳光。因此，当柊树并不高大时，还需要用棘刺来保护树叶，而当它长大到不担心动物来吃时，就可以脱掉已无用处的刺，尽量多吸收阳光。

令人又痛又痒的植物

在拥有棘刺的植物中，具有高水平防御系统的是生长在山里的荨麻。

荨麻的茎叶上密布着细细的棘刺，但荨麻所拥有的不仅是刺，在刺的根部还有装着毒素的小口袋。一旦刺入皮肤，棘刺顶部破裂，毒素就会如注射般被注入到伤口中。

植物一般或是用化学物质，或是用物理手段来保护自己。要同时兼具两种手段，是非常不容易

的。然而，荨麻却同时具备了棘刺与毒素这两种
武器。

荨麻

不仅仅是刺入，还从口袋中注入毒素，荨麻的
这种精密结构，与黄蜂的毒针和蝮蛇的毒牙完全相
同。荨麻虽然是植物，却有着生物界最高水准的防御
体系。

即使是对任何植物都来者不拒的草食动物，唯独
面对荨麻时，不仅不敢吃，甚至都不敢靠近。当然，
荨麻的细刺对于人类也是有害的。一旦被刺毛刺中，

就会红肿起来。事实上，荨麻是一种有毒植物，过敏性疾病"荨麻疹"这一名字也是由它而来。

顺便说一下，被荨麻刺到的话，我们会感到又痛又痒。

草原植物的进化

对于植物而言，在某些环境下，会始终面临着被哺乳动物吃掉的危险。比如，在草原上。

如果是茂密的森林，草木丛生，所有的植物不可能都被吃掉。但在一览无余的草原上，植物无处藏身。而且，生长的植物数量也有限，食草动物们需要争夺有限的植物作为食物。

在草原上最重要的，不是植物同类之间的竞争，而是如何保护自己不被食草动物吃掉。

那么，植物该怎样保护自己呢？草原上可被食用的植物中，进化得最好的是禾本科植物。

稻子、小麦、玉米等禾本科作物，是人类最重要的粮食。但是，人类所食用的仅仅是种子部分，稻子、小麦、玉米等的叶子，不管是水煮还是火烤，都无法食用。这是因为，禾本科植物的叶子非常坚硬，无法食用。

禾本科植物的叶子之所以如此坚硬，是为了保护自己不被草食动物吃掉。禾本科植物的叶子富含纤维，难以消化。不仅如此，为了使叶子难吃，禾本科植物还用硅加固了叶子。硅是制造玻璃的原料。您有没有被野外生长的芒草叶割伤过手指呢？芒草叶周边布满了锯齿状的玻璃质。禾本科植物通过这种方式来保护自己的叶子不被吃掉。

不仅如此。禾本科植物还把制造出来的养分输送到安全的地面或是地底下存储起来。至于地面之上的叶子，则尽量降低蛋白质，减少营养价值，使它成为缺乏魅力的食物。于是，禾本科植物终于完成了进化——它的叶子不仅坚硬无比，难以消化，而且还缺乏营养价值，不再适合作为动物的食物。

据说，禾本科植物在体内储存玻璃质，开始于600万年前左右。对于植物与动物之间的较量，这种变化的影响是巨大的。一般认为，禾本科植物的这种变化，导致了大批食草动物的灭绝。

食草动物的反击

如果不能吃到拥有坚硬叶子的禾本科植物，那就无法在草原上存活。最终实现了这种进化的，是牛、马等食草动物。

众所周知，牛有四个胃。它们用这四个胃来消化禾本科富含纤维而缺乏营养价值的叶子。在这四个胃里面，只有第四个胃的功能与人类的胃类似。那么，其他三个胃有什么作用呢？

第一个胃容量巨大，用以存储吃下去的草。微生物在那里发挥作用，将草分解后制造出营养成分。这就像是一个发酵槽，正如我们通过使大豆发酵，制作富含营养的味增、纳豆，或是使大米发酵来酿酒，牛也在胃里面制造发酵食品。

第二个胃负责把食物送回食道，进行反刍。所谓"反刍"，是指把胃里面的消化物再次送回嘴里进行咀嚼。牛吃了东西后，会躺在地上不停地嚼动嘴巴。它们通过使食物在胃和嘴之间反复移动，来消化禾本科植物。第三个胃负责调节食物的数量，把食物送回到第一个和第二个胃，或是把食物送往第四个胃。到了第四个胃，胃液才被分泌出来消化食物。在送到这真正的第四个胃之前，它们已经完成了对禾本科植物的前期处理——使叶子软化，并通过微生物发酵，创造出了有营养价值的物质。

不仅是牛，山羊、绵羊、鹿、长颈鹿等都是通过反刍来消化食物的反刍动物。

另一方面，马虽然只有一个胃，但它的盲肠很发达，微生物在里面可以分解植物的纤维成分，从而制造出营养成分。此外，兔子也拥有着与马一样发达的盲肠。

禾本科植物的防卫战略

通过以上方式，食草动物成功地将禾本科植物占为了食物。但是，禾本科植物也不会任凭自己被食用。它们必须拥有可以禁得起食草动物吃的能力。

我们在保护自己时，往往会采取低姿态。在柔道和相扑运动中，为了不被对手摔倒，我们可以弯下腰，放低重心。在排球运动中，接球时也要弯腰。在枪战中，士兵会匍匐在地。不管是什么事，保持低姿态都是保护自己的基本准则。

禾本科植物也选择了放低身段来保护自己的方式。

一般来说，植物的生长点都位于茎部的前端，一边累积新细胞，一边往上伸展。但是，如果这样的话，一旦茎部的前端被动物吃掉，那么生长点也就被吃掉了，后果将非常严重。

于是，禾本科植物尽可能把生长点放低。它们采取了把生长点放在最低处的根部、从下往上推高叶子的生长方法。作为植物的生长方法，这完全是"本末倒置"的。

这样一来，不管动物怎么吃，吃掉的都只是叶子的前端，生长点不会受损。通过将生长点下移，禾本科植物成功地保护了自己不被食草动物吃掉。这真是个高明的办法！

但是，这种方法还有一个严重问题。

如果采取了不断往上伸展的方法，那将可以自由地增添枝叶，使叶子更为茂密。但是，如果采取的是从下往上推高已经长出的叶子，那就无法增添枝叶了。

于是，禾本科植物又想到了不断增加生长点的主意。这就是"分蘖"。禾本科植物通过不断繁殖地面上的生长点，增加往上伸展的叶子数量。通过这种方式，禾本科植物长出了分株。

利用困难的禾本科植物

植物这种生物，真是非常顽强。禾本科植物不仅抵抗住了食草动物的食害，还想出了利用食草动物的方法。

食草动物确实是一种威胁，但如果自己能够在这种严酷的环境中存活下来，那么，就相当于是食草动物为自己驱逐了所有的竞争对手植物。如果利用植物恐惧的食草动物来驱赶竞争对手，那是再合适不过的了。

通过将生长点位置往下移，禾本科植物拥有了保护自己不被食草动物吃掉的本领。于是，草原成了禾本科植物的天下。

高尔夫球场和公园的草坪总是被修剪得非常整

齐。对于草坪来说，被修剪似乎是一种损害。但是，在反复的修剪过程中，经不起修剪的弱小杂草逐渐消失，禾本科植物不断扩大范围。

说起草坪，除了日本产的野结缕草之外，还有六月禾、百慕大草等多种禾本科杂草被用于草坪。通过被修剪，禾本科植物使自己更为成功。另外，每年都要被收割多次的牧草，大多也是禾本科植物。

不仅如此。由于叶子被吃掉了，禾本科植物生长点所在的根部也晒到了阳光，长势反而变得更好。可以说，禾本科植物正是通过被吃掉、被修剪而获得了成功。

通过被吃而收获成功

通过利用被吃掉这一点，植物想出了令人惊叹的妙计。植物并不是单纯被吃。只是，如果要说明这种方法的话，就必须回到之前关于植物进化的内容。我们再来回顾一下恐龙的时代吧。

本章开头说过，被子植物诞生于恐龙濒临灭绝的白垩纪末期。被子植物给植物的历史带来了戏剧性的变化。

　　在被子植物出现之前，地球上到处都是裸子植物。

　　但是，即使是作为古老植物的裸子植物，也曾经有过被称为新面孔的时期。

　　在比裸子植物更早的远古时代，席卷地球的是蕨类植物。不过，这种古老的蕨类植物有个严重的缺陷——在其繁殖过程中，水是不可或缺的。

　　蕨类植物的孢子发芽后，会形成一种名为"前叶体"的小小的植物体。不久，前叶体会形成精子和卵子，精子在水中游到卵子处，从而实现受精。这种精子在水中游向卵子的方法，是生命在大海中诞生的残留印记。

　　其实，即使是自负已达到进化顶点的人类，同样也是通过这种精子游泳的方式与卵子受精。生物在进化过程中必须克服的问题是，如何才能将作为生命起源的海洋环境复制到陆地上呢？

　　成功移居陆地的蕨类植物，为了保证有足够的水供精子游泳，必须在水源丰富的潮湿处才能繁殖。因此，原本人丁兴旺的蕨类植物被限制在水边，无法进入到广阔的未开垦土地。

裸子植物的登场

另一方面，裸子植物拥有了使进入陆地成为可能的划时代的生殖系统。我们先来看一下典型的裸子植物——松树。

松树在春天会长出新的松球，这就是松树的花。裸子植物还不会利用昆虫来传播花粉，只能通过风来传播。当松球的鳞片打开之后，松树的花粉进入到开启着的松球内部，然后，松球闭合起来，直到翌年的秋天才再次打开。经历了漫长的日子后，松球里面形成了卵子与精核，不久，就可以进行受精。附着在卵子上的花粉，会长出一根叫做"花粉管"的管子，精核经过花粉管进行受精。因此，精子不在水中游泳也可以实现受精，不再需要水。它们设计出的这种令人惊讶的系统，颠覆了"受精离不开水"这一常识。

不过，问题还没有得到彻底解决。裸子植物需要获得花粉后卵子才开始成熟，这样过于耗费时间。

此时，设计出了划时代的高速系统的，是被子植物。

被子植物预先使卵子在雌蕊内部成熟，当花粉到达时，受精的准备工作都已就绪。

松球

于是，花粉一到位，马上就可以伸出花粉管，把精核送给卵子，完成受精。这一过程快则数分钟，最长也不过几个小时。之前的裸子植物从花粉传来到完成受精，整个过程长达一年之久，与此相比，被子植物对时间的缩短具有革命性意义。

被子植物的这种受精法，在植物界引起了轰动。

由于受精时间缩短了，受精的成功率也提高了。

而且，这种技术革新还带来了更大的效果——快速受精的实现，加快了更新换代的速度，使飞跃性的进化成为可能。

而且，正如之前我们说过的，被子植物创造出了用蜜吸引昆虫来为自己传播花粉这种划时代的方法。这就是在上章中介绍过的，通过"利用被吃掉"的方法之一。

新时代的到来

另外一种"利用被吃掉"的方法，是利用守护胚珠的子房的新办法。

根据生物教科书，裸子植物与被子植物的区别在于作为种子源头的胚珠是否裸露在外。

裸子植物的胚珠裸露在外，与此相对，被子植物为了保护重要的胚珠，在外部裹了一层子房。由于子房的保护，胚珠可以经受得住干燥的气候条件。说不定，被子植物最开始用子房来保护胚珠，也是为了不让宝贵的种子被动物们吃掉。然而，后来被子植物采用的方法却是增大保护胚珠的子房，结出果实，使其成为动物与鸟类的食物。

　　动物和鸟类们吃果实时，种子也会一起被吃掉。经过动物与鸟类的消化器官，种子随着粪便被排出体内。这样，种子就随着动物与鸟类实现了移动。

　　植物为动物与鸟类提供食物，动物与鸟类则为植物运送种子。它们处于这样一种共生关系之中。

　　动物与鸟类本来是为了吃种子与子房而来的，但反而被植物利用，为它们运送了种子。

　　植物自身无法移动，对它们而言，一生只有两次机会可以扩大活动范围。第一次是通过花粉的移动，第二次就是种子的移动。

　　关于花粉的移动，植物在可以自由飞翔的昆虫的帮助下实现。而植物种子的移动，则是借助了动物与鸟类的力量。

"绿色停，红色行"

　　果实成熟后，会渐渐变红。

　　比如，苹果、桃子、柿子、橘子、葡萄等果实在枝头成熟后，大多会呈现出红色、橙色、粉红色、紫色等红系色彩，这是为了使果实更加醒目。

公路上表示"停止"的信号，选用的是在远处也容易识别的"红色"。这是由于红色的波长较长，与其他颜色相比，更容易传到远处。因此，为了能从远处就被认出来，果实们也选择了成熟后变红。另外，植物多呈绿色，作为绿色的对比色，红色尤其醒目。

与此相对，尚未成熟的果实，多呈现出与叶子相同的颜色，不容易发现。而且，它们的味道也不甜，甚至带有苦味。

这是由于，如果种子尚未成熟就被吃掉那就不好了，于是植物积淀发苦物质来保护果实。比如，涩柿含有的丹宁酸，尚未成熟的绿色苦瓜带有的苦瓜叶素和苦瓜甙，都是用来保护果实的物质。种子成熟之后，果实会清除发苦物质，在体内积淀糖分，逐步变得美味起来。然后，它们会把果实的颜色由绿色变成红色，发出可以食用的信号。

"绿色的时候不能吃""红色的时候欢迎吃"，这就是植物果实发出的信号。

精挑细选小伙伴

然而，对于作为成熟信号的红色，绝大多数哺乳动物都无法识别。人类与类人猿可以识别红色，但这是例外中的例外。在恐龙时代，哺乳动物的祖先都曾是夜行生物。因此，它们的视力发生退化，无法识别颜色。

事实上，大多数植物都选择了鸟类作为食用果实传播种子的伙伴，而不是哺乳动物。

哺乳动物都有牙齿，会把果实嚼碎，种子也有可能会遭到破坏。另外，为了分解植物纤维，草食动物的消化管道很长。种子有可能会被消化掉，从而无法安全通过长长的消化管道。

与哺乳动物相比，鸟类没有牙齿，会把果实整个吞下。它们的消化管道很短，种子可以在不被消化的情况下顺利通过体内。另外，鸟类在天空翱翔，它们的活动距离也比哺乳动物远。因此，对于植物而言，鸟类是最佳的伙伴。植物的内心更希望鸟类来吃果实。

那么，怎样才可以让果实只被鸟类吃掉呢？

辣椒

辣椒的例子比较好懂。

辣椒呈现出红色。正如上面所说的，红色是果实成熟的信号。但是，辣椒不仅不甜，而且还非常辛辣。红色的果实应该是希望被吃掉的，为什么还会辛辣呢？

其实，这是由于辣椒在挑选吃自己的对象。

哺乳动物无法吃下辛辣的辣椒，但鸟类没有感知辛辣的味觉，可以若无其事地吃下辣椒。就这样，辣椒选择了鸟类作为帮自己运送种子的伙伴，而不是哺乳动物。

然而，对于这种不想让哺乳动物吃的辛辣的辣椒，也有动物喜欢吃，那就是人类。不过，人类对辣椒爱不释手，它们的移动距离比鸟类更远，把辣椒传播到了整个世界。对于辣椒而言，这一定是当初完全意想不到的惊喜。

柠檬的酸味也不简单

涩柿带有发涩物质丹宁酸，这种涩味也是为了不被吃掉。

人类摘下柿子后，会做成干柿，去除涩味后食用。涩柿也含有甜素，去除涩味后就只剩下甜味了，于是就成了美味可口的干柿。

那么，涩柿这么涩，是不是因为它不想被吃掉呢？不是这样的。如果我们不摘柿子，把它们一直留在树上，柿子会更加成熟，直到涩味完全消失，变得甘甜无比。因此，没有被人摘下而留在枝头的柿子最终会被鸟类吃掉，种子也会随之被传播出去。不过，熟透的柿子的果肉会变得稀烂，人类已经无法吃了。

顺便说一下，我们所吃的甜柿，是由于突然发生了变异而不产生涩味。也就是说，甜柿虽然适宜人类食用，但作为植物却是次品。

另外，橘子等柑橘类含有酸味，也是为了不被吃掉。由于人类重视酸味与甜味的均衡，它们在还有酸味的时候就被摘了下来。如果橘子被继续留在树上的话，那么，酸味也会慢慢消失，甜味逐渐增加。

另一方面，柠檬以酸味强烈而闻名。不可思议的是，即使完全成熟了，柠檬的酸味也不会消失。酸溜溜的柠檬，即使是鸟类也无法下咽。那么，在野生状态下，柠檬是怎样散播种子的呢？

其实，有些鸟类也会食用酸溜溜的柠檬果实。比如，鹦哥、鹦鹉等。因此，在柠檬的原产地印度，一般认为，是鹦哥和鹦鹉食用柠檬果实后进行了种子的传播。柠檬也在严格选择吃它的伙伴。

再次"下毒"

辣椒所具有的辣椒素，可以说是一种弱性毒素。

辣椒巧妙地利用这种毒素，成功地避开了哺乳动物，只让鸟类吃自己的果实。像这种对于哺乳动物而言有毒却很受鸟类青睐的果实，在野生植物中并不少见。

但是，这里还有一个问题。

由鸟类来运送种子固然是好事，但是，如果某一只鸟一下子把所有果实都吃掉了，那么，随着粪便排出去的种子就会被散播在同一地点。对于想要扩大地盘的植物来说，它们希望的是能被散播到多个地方。因此，果实虽然被鸟类吃了，然而却被散播在同一个地方，这不是它们所希望的结果。

于是，有些植物含有对鸟类也稍稍有毒的物质。

例如，对于哺乳动物而言，南天竹是有毒植物，但鸟类却可以吃下南天竹的果实。不过，南天竹毒素对于鸟类也是有些效果的，鸟类无法一次吃太多。因此，南天竹不会一下子被全部吃掉，而是慢慢地分多次，或是被许多只鸟吃掉。就这样，植物对于鸟类也使用了弱毒素。

子房可不能被吃掉

桃子的果实中，有一颗硕大的种子。

相对于果实的大小而言，这个种子不免显得有些太大了。其实，它一般被称为"核"，并不是真的种子。部分果实变硬后，看起来像是种子。不过，真正的种子位于其中的硬壳内。在核里面有个名为桃仁的东西，这才是真正的种子。

让动物把果实吃掉，把种子散播出去，这是非常好的。但是，绝不能让种子被消化器官消化，或是被动物嚼得粉碎。于是，桃子在种子周边架起了坚固的保护层。

在种子周边进行保护的，是子房的一部分。子房原本就是用来保护种子的，后来被植物用作了果实，以供食用。不过，桃子再次把子房用于守护种子。

梅子的种子也有着与桃核相同的结构。有人喜欢剖开梅子的种子，吃里面的果仁。梅子种子里的果仁，才是真正的种子。

桃树与梅树都是蔷薇科植物。在植物的进化历史中，蔷薇科植物是最先采取通过让动物吃掉果实来传播种子的划时代战略的物种之一。

在蔷薇科果实中，除此之外还有其他的先进理念。

苹果的创意

苹果也是蔷薇科的果实。在保护种子方面，苹果采用了不同于桃子与梅子的创意。

　　一般来说，位于植物雌蕊根部的子房长大后会成为果实。但是，苹果却并非如此。红红的苹果，其实是被称为"花托"的花根部长大后将子房包拢在内而形成的。它不是真的果实，因此被称为"假果"。那么，子房长出来的真正果实去哪里了呢？

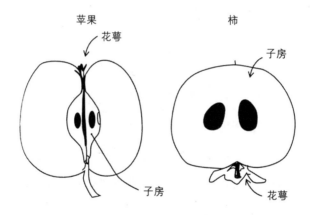

　　其实，我们吃苹果时最后剩下的苹果芯，就是苹果的子房变化而成的。在坚硬的芯的保护下，种子不会被吃掉。

　　桃子与梅子，通过将果实的一部分变硬，形成果核来保护种子。而苹果则是通过使花台肥大，从而形成果实。子房并不结出果实，它的任务是保护种子。

苹果不是子房肥大后形成的真正果实，这一点可以通过观察苹果看出来。一般的果实，都是子房肥大后形成的。因此，花下面的花萼就位于果实的下面。比如，橘子是子房肥大形成的真正果实。因此，如果把连在树枝上的果柄放在果实下面，那么，我们就可以看到果实下面有花蒂。这个花蒂，就是曾为花萼的部分。

同样，如果我们把柿子与连在树上的果柄放在一起看的话，也会发现果实下面就是花蒂。柿树的果实，也是由子房发育后形成的"真果"。

另一方面，苹果不是由子房形成的，而是由花根部的花托发育而成。因此，如果仔细查看苹果，我们会发现，它的果柄部分并没有花萼，但如果查看果柄的相反侧，则可以看到一个凹陷的痕迹。花的位置应该在它前面，而位于花萼与果柄之间的果实，则来自于花托部分。

动物也可以利用起来

正如上面所介绍的，通过让哺乳动物吃掉果实来传播种子的方法，具有较大的风险。哺乳动物的牙齿会把果实嚼得粉碎，另外，它们的消化管道很长，种子很有可能无法安全排出体外。

然而，为了散播种子，有些植物甚至不惜让动物把自己的种子吃掉。这需要割肉断骨的魄力。那么，这是一种怎样的方法呢？

到了秋天，为了储存冬天的粮食，老鼠和松鼠会到处搜罗橡实。所谓"橡实"，是指麻栎、枹栎之类的果实。老鼠和松鼠会吃掉部分橡实，但也有一部分会被剩下来，或是被遗忘在某处。到了春天，这些剩下来的橡实会发芽。在老鼠与松鼠的帮助下，麻栎和枹栎种子顺利地实现了移动与散播。

橡实是被老鼠和松鼠攻击、吞食的存在。但是，对于橡实而言，松鼠和老鼠却并非敌人。被吃掉后，植物将计就计，利用它们来散播种子。

不过，要想让来吃橡实的松鼠与老鼠成为帮自己运送种子的伙伴，还需要下一番功夫。为了不被全部吃完，需要结出许多橡实。但是，食物丰富后，老鼠与松鼠的数量也会相应增加。而如果它们的数量增加了，就有可能把橡实吃得精光。那么，怎样才可以使老鼠与松鼠不把橡实吃光呢？

为了实现这一目的，植物设计出了结大量橡实的"大年"，以及结出果实数量很少的"小年"。"小年"的时候，橡实数量会不够，因此老鼠与松鼠不至于增加过多。于是，只要在"大年"里结出大量橡实，老鼠与松鼠无法全部吃完，就会剩下一些来。

结果实的植物也有大年和小年，这是为了不使吃果实的鸟数量增长过多。

由此可见，"通过被吃而成功"这一战略，实施起来需要精心谋划。

总之，这些植物没有阻止动物吃子房，相反，它们努力让子房发育，备好了美味的果实。针对那些来吃橡实的小动物，它们则准备了更多的橡实。

第六回合　植物VS人类

苍耳

吃果实的哺乳动物

本书之前已经介绍过，植物的果实变红，这是它们在发出果实已经成熟的信号。信号发送的对象，不是无法识别红色的哺乳类动物，而是可以识别红色的鸟类。在恐龙横行的时代，哺乳动物的祖先们为了躲避恐龙，只能在夜间活动。因此，哺乳动物失去了可以识别红色的能力。

但是，在哺乳动物之中，有一种动物是可以识别红色的，那就是包括大猩猩、黑猩猩、猩猩等在内的类人猿。当然，作为类人猿的一种，我们人类也是可以看到红色的。由于突发异变，类人猿的祖先在哺乳类中独一无二地恢复了识别红色的能力。

我们还不清楚，这些类人猿到底是为了吃森林里的果实才具有可以识别成熟果实颜色的能力的呢，还是因为具备了可以看见红色的能力才开始吃果实的。总之，类人猿开始与鸟类一样，都可以识别成熟的红色果实，并以此为食。

那么，对于植物而言，类人猿是怎样一种存在呢？

　　确实，类人猿与鸟类一样，吃完果实后可以为植物运送种子。但是，如果观察黑猩猩与猩猩的行为，我们可以发现，它们吃完果实后，马上就会把种子吐出来。与能将种子散播到远处的鸟类相比，对于植物而言，类人猿恐怕是用处不大的存在。

人类的诞生

　　与随处可藏身的森林相比，视野开阔的草原难以躲避敌人，对于生物而言，是相当不利的场所。

　　在本书第五回合"草原植物的进化"中，我们曾介绍过，禾本科植物的崛起是为了在草原上不被草食动物吃掉。同样，为了逃脱肉食动物的捕食，牛、马等草食动物也具备了可以迅速奔跑的腿力以及可以抵御敌人的强大体格。

　　除此之外，还有一种生物也在草原上完成了戏剧性的进化。那就是人类。

　　人类的进化，至今还存在着诸多谜团。但一般认为，人类源自于非洲大陆。一种观点认为，地壳隆起后，广袤的森林被分割阻断，部分森林渐渐干涸，化为草原，这给人类的进化带来了巨大的影响。据说，失去了原先赖以藏身的森林后，类人猿们为了能够在广袤无垠的草原上戒备天敌，逐渐开始直立行走，为了防身，它们掌握了工具与火种的使用方法。

利用植物的人类

在自然界中，人类是非常弱小的存在。

为了弥补自身的弱小，人们通过使用工具与火种，最终可以保护自己不被肉食动物吃掉。但这还不够，为了生存下去，还必须有食物。如果是在植物丰茂的森林里，那么果实自然丰富繁多。然而，在植物稀少的草原上，人类无法获得足够的食物。狩猎生活听起来好像很威风，但事实上，一般认为，人类最初也像鬣狗一样吃着其他动物吃剩下的骨髓。肉食动物让人类胆战心惊，人类只能勉强获得些食物。

最终成为人类强大伙伴的，是已经进化得使哺乳动物无法侵食的禾本科植物。

种子拥有植物生长所必需的所有营养，营养价值

非常之高。作为小麦祖先的单粒麦，是在草原上生长
的禾本科植物。长出种子后，单粒麦就会进行散播。
然而，单粒麦突然发生了变异，出现了无法分离种子
进行散播的种类。因为无法散播种子，这种变异后的
品种也就无法繁殖后代。

　　然而，我们人类看中了这种特殊的变异禾本科
植物。

　　种子无法脱落，对于植物而言是致命的缺陷，但
对于人类来说，却是再好不过的了。种子不脱落，那
么人类就可以进行收割，把种子作为粮食，而且，人
类还可以将收获的种子进行播种栽培。

　　由于这种突发变异型植物的出现，人类开始了农
耕生活。

　　栽培庄稼尽管可以稳定地获得粮食，但也需要
付出巨大的劳动。如果通过狩猎就可以获取足够的粮
食，那就没必要开始劳动了。人类之所以选择了农耕
生活，也是由于当时遭遇了食物危机。

　　从此以后，在整个历史中，人类都在巧妙地利
用植物。用树木与花草建造房屋，用植物纤维制作衣

物，人们还将各种各样的植物作为食物，创造了丰富
的饮食生活。

就这样，选择了农耕生活的人类，成功地获得了
丰富的粮食。因为有了足够的粮食，人类从此组成村
落进行群居，进而创造出了人类文明。

用毒也在所不惜

在前文中我们说过，为了不被哺乳动物吃掉，植
物造出了有毒成分。作为哺乳动物的人类，也开始利
用起了这种毒素。

人类在自然中是弱小的存在。因此，为了打败庞
大的猎物，我们使用涂了植物毒素的毒箭。此外，我
们还在河里投毒捕鱼，用毒素来驱蚊杀虫。

不仅如此。植物辛辛苦苦准备的毒素，甚至成了
人类所喜爱食用的苦味，这是植物万万没有想到的。
为了保护纤弱的嫩芽，款冬花茎、楤木嫩芽等春天的
野菜都含有发苦物质。然而，人类却很喜欢这种苦
味。对于这些努力保护自己的小植物而言，这是非常
麻烦的。

　　圆葱和大葱等的辣味，本来也是植物用来驱赶害虫与哺乳动物的毒素，如今却成了人们盘中的美味。更有甚者，就连辛辣刺鼻的芥末与辣椒，也成了人类喜爱的食物。

　　香烟是以茄科的烟草叶子为原料制成的。香烟中含有的尼古丁也是有毒物质，用来保护烟草叶不受昆虫与动物的侵害。但是，有些人类却觉得离开了尼古丁就无法活下去，这是植物无论如何也无法理解的。

植物与孩子们的利益一致

　　植物的果实成熟后，会变红变甜。这是植物邀请动物来吃的信号。

　　但是，如果果实还没长成熟就被吃掉了，那可不行。因此，尚未成熟时，果实呈现出与叶子相同的绿色，使自己不那么醒目，同时，为了避免被吃掉，果实还会带有苦味。但人类可是非常棘手的生物，正因为是未成熟的果实，因其带有苦味而成为人类所喜爱的美食。

绿色的甜椒是未成熟的果实，它成熟后也会变成红色。但是，人类却偏偏喜欢食用绿色的甜椒。

以味苦而闻名的苦瓜，也是尚未成熟的果实。"苦瓜"这一名字就源自于其苦涩的味道。苦瓜成熟后，会呈现出橙色，味道也变得甘甜。然而，未成熟的果实却被认为很好吃，甚至因此还被按上了"苦瓜"这个名字。

孩子们大都喜欢甘甜的水果，不喜欢味苦的青椒和苦瓜。作为生物，这是极其正常的反应。甜美的果实是植物为了被吃而结出来的。虽然对于现代人来说，摄入过多的糖分对身体有害，但在自然界中，却不会因为甘甜而产生危险。人们认为植物制造的毒性成分"味苦"，孩子们不爱吃发苦的蔬菜，这些都无可厚非。植物不想被吃掉，孩子们也不想吃发苦的蔬菜，他们的利益实现了一致。

然而，大人们却将植物辛辛苦苦制作出来的毒性成分当作是美味，还强迫孩子们吃饭时不准剩下发苦的蔬菜。对于植物来说，大人们的口味实在是难以理解。

轻微的毒素可以让人放松

为了保护自己，植物或多或少都准备了些毒素。

但是人类似乎很喜欢植物的毒素。

例如，绿茶、红茶、咖啡、可可、香茶等人们喜爱的饮料，之所以可以使人兴奋或是放松，都是由于其中含有轻微的植物毒素。

香道、百花香等所使用的植物香味，也可以使人放松。此外，在森林浴中，为了驱散害虫与病原菌，植物散发出了各种各样的物质。这些植物的毒素以及充满毒素的森林空气，为什么会给人类带来益处呢？

原因之一就在于其具有赫尔敏斯效果。所谓"赫尔敏斯"，在希腊语中是"刺激"的意思。

饮料和香料中所含有的植物毒素，森林中充满的植物毒素，都不足以危及人类的生命。但是，它们对于人类却具有刺激性作用。也就是说，在植物毒性的刺激下，人类的身体会进入防御状态。这种紧张感可以激活人类的生存能力，为我们提供活力。

毒与药，本来就是一纸之隔。稍稍摄入毒素，也可以为人类身体带来良性刺激，成为良药。事实上，植物为了杀死微生物与昆虫而积蓄的毒素，许多都已被人类用作草药或是中药的药性成分。

无毒不活

苦味、涩味、辣味等，原本是植物用来保护自己不受食害的物质。野外的哺乳动物通过舌头或鼻子感知到这些成分后，会避而不吃。

然而，人类这种哺乳动物，却偏偏喜欢摄入此类毒素。不仅如此，咖啡中的咖啡因，烟草所含有的尼古丁，甚至使人类产生了离开它们就无法生活的依赖症。那么，为什么会发生这种情况呢？

植物含有的毒素中，有些成分会作用于人类的神经系统，这就是所谓的"神经毒素"。如果毒性很强，会引发神经麻痹，从而导致死亡。但是，在尚未达到致死量之前，它们会作用于神经系统，给人类身体带来多种作用。

一方面，它们具有激活神经系统的兴奋功能。中药常用的麻黄可以制成兴奋剂，古柯树中含有的可卡因也具有兴奋功能。

另一方面，也有些植物具有抑制神经作用的镇静效果。由罂粟制成的吗啡与海洛因，由桑科植物大麻所制成的大麻制品，都具有镇静效果。

大麻

以上这些症状，都是人类身体功能麻痹后引发错误反应的状态。香烟中含有的尼古丁也会使人类身体引发错误反应。尼古丁与负责传达自律神经的乙酰胆碱极为相似，可以与乙酰胆碱的接受体发生反应，从而刺激神经系统。

虽说毒性较弱，但它们毕竟还是对身体有害的毒素。于是，人类的身体会将这些毒素代谢，实现无毒化。喝完咖啡后，人会想上厕所，这是就由于身体试图将咖啡因排出体内。

如果持续摄入此类毒素，人类的身体将逐渐提高对其进行无毒化处理的能力，具备耐药性。但是，这些终究只是非常时期的紧急系统。如果体内摄取毒性成分的状态呈常态化，那么，身体也会相应地呈现出代谢药物的常态化。于是，一旦停止对药物的摄取，体内的生理反应就会出现异常，这就是所谓的"戒断症状"。

毒素为何会带来幸福感？

巧克力、咖啡、香烟等不仅可以使人放松，还可以给人带来充实的幸福感。

那么，为什么植物用以防身的毒素可以为人们带来幸福感呢？

人类的身体需要将摄入体内的毒性成分进行无毒化处理后排出体内。不仅如此，大脑感知到毒性成分给身体带来异常后，还会分泌出具有镇痛作用的内啡肽。

内啡肽被称为"脑内吗啡"，具有缓解疲劳与疼痛的作用。受到毒性成分刺激后，大脑会判断出身体处于非正常状态，为缓解毒素带来的痛苦而分泌出内啡肽。因此，我们的身体才会感觉到陶醉感，享受到难以忘怀的快乐。

正是由于这种幸福感，我们才无法戒掉巧克力、咖啡和香烟。

植物为了保护自身不被侵食而制出了毒素，人类的身体则在努力保护自身不受植物毒素的侵害。这种战斗的结局，是人类感到了至高无上的幸福，同时却又身陷中毒状态。

庄稼的阴谋

为了满足自身的需要，人类一直在对植物进行改造。

萝卜的身躯变得硕大无比。卷心菜不再展开叶子，而卷成圆形。原本只有五片花瓣的玫瑰，在雄蕊、雌蕊都变成花瓣后，如今已是八瓣花。

　　这些植物都是被人类为所欲为的欲望随意摆布的受害者吗？这些被栽培、驯服的植物，完全臣服在人类面前了吗？

　　事实并非如此。

　　为了扩大分布范围，植物想尽了种种办法。蒲公英给种子装上棉毛，使种子可以乘风飞翔。苍耳把带刺的果实粘在人类的衣服或是动物的皮毛上，把种子送往远处。为了尽可能扩大种子的分布，它们都拼命把种子送往远方。

　　那么，人类栽培的植物又是怎样的呢？

　　人们通过轮船、飞机等交通工具，把原本位于角落的植物散播到了世界各地。不仅如此，人类还为它们播种、浇水、施肥、驱虫与除草，可以说是关怀备至。

　　从扩大分布这点来说，被人们栽培的植物，可以说是取得了前所未有的巨大成功。考虑到人们将种子送到了世界的任何角落的事，为迎合人类的爱好而稍稍改变体型，对于植物而言应该是不值一提的。

　　为了请昆虫运送花粉，植物给了它们蜜，为了请鸟儿传播种子，植物准备了甜美的果实。那么，为人类提供美味的蔬菜与果实，这也不算什么。也许人类还以为是自己任意地改良了植物，说不定这是植物为了方便人类来吃而自我实现的进化吧。

人类总以为是自己在利用植物，或许我们人类才是被利用的一方。

新敌人的登场

人类为所欲为地利用着众多的植物。

但是，并不是所有的植物都顺从地听命于人类。也有植物揭竿而起，与人类抗争至今，比如"杂草"。

杂草会侵入田间地头，夺取人类施下的肥料，阻碍庄稼的生长。它们还会蔓延到人类的生活空间，影响我们的生活。

那么，到底什么是杂草？

美国杂草学会（WSSA）将"杂草"定义为"有违于、妨碍人类的活动与幸福、繁荣的一切植物"，可见这是多么邪恶的植物啊！在西方世界，自古以来就传说，恶魔播下了杂草的种子。这真是妨碍人类幸福的敌人。

通过开垦田地，从事农业，人类获得了稳定的生活，进而又建立了文明社会。但是，农业的历史可以说就是与杂草斗争的历史。有史以来，人类就一直在进行着与杂草的战斗。

躲过除草的杂草

以前从事农业非常辛苦，需要反复地趴在地上除草。

从事除草劳动的农民确实很辛苦，但如果从被拔除的杂草的立场来看，它们也是相当不容易的，它们需要躲避一次又一次的除草。

栽种水稻的稻田，是需要反复除草的地方。如果杂草身材娇小，还可以躲在水稻之间。那些高大的杂草，则将无处藏身。那么，高大的杂草怎样才可以躲过一次又一次的除草呢？

解决了这一难题的，是一种叫做"水田稗"的禾本科杂草。

水田稗

　　水田稗与水稻极为相似，这样它们就可以在人类的眼皮底下躲过除草。正所谓"鱼目混珠"，通过混杂在稻田里的众多水稻中间，水田稗成功地实现了藏身。

　　变色龙将身体化入周边的风景，竹节虫的身体与四足酷似树枝，这种通过变得与其他事物相似来进行藏身的方式，被称为"拟态"。在反复进行的除草中，与水稻相似的个体存活下来，最终进化成了与水稻一模一样的水田稗。

杂草越拔越多？

在院子里除草，是非常辛苦的。

更气人的是，就算拔得一干二净，不到一周时间，杂草马上又会长出来。为什么杂草的生命力会如此顽强呢？

除完草之后，杂草马上又会发芽，这其实是有原因的。人类的拔草同时也引发了杂草的发芽。

杂草的种子大多具有"光发芽性"，一旦照射到阳光后就会开始发芽。也就是说，杂草的种子感受到光线后，就会开始发芽。种子照射到光线，也就意味着周边已经没有了作为竞争对手的植物。因此，一旦阳光照射进来，杂草的种子就同时开始发芽。

人类除完草之后，周边的杂草也会消失，于是就会有阳光射到地面。泥土被翻松之后，阳光还可以照射到泥土里面。于是，原本在泥土中沉睡的杂草种子，就会一起开始发芽。

贴近人类的战略

人们常说"像杂草一样顽强"，可见，杂草给人以"强大"的印象。但是，在植物学上，杂草并不是强大的植物，相反，杂草被认为是弱小的植物。这到底是怎么一回事呢？

本书在最开始，曾介绍过植物与植物的战斗。杂草这种植物，并不善于与其他植物进行竞争。

围绕着阳光、水源与生长空间，植物在进行着激烈的战斗。在植物间的竞争中，杂草这类植物是非常弱小的。因此，在多种植物竞相生长的茂密森林中，杂草这类植物是无法生长的。

所以，杂草选择了到其他植物无法生长的地点繁衍生息。例如，人来人往的路边，反复除草的田间地头，这些都是人类生活的地方。对于杂草而言，拔草、耕地确实难以忍受，但这里因为有人类的管理，强大的植物无法侵入。人类一旦不再除草，善于竞争的强大植物就会接连而至，植物之间的竞争很快就会把杂草驱逐出去吧。

因此，除草则杂草存，不除则杂草亡。这么说来似乎有些禅机。

杂草是在人类居住的地方才能存活的植物。虽然不想被拔掉，但是如果人类不除草，它们又无法生存。这就是杂草背负的宿命。

对于杂草而言，很难说人类是敌人。杂草紧紧地挨着人类生活，或许我们也可以说，它们寄生在人类附近。对于杂草而言，人类是不可或缺的存在。

人类创造出来的植物：杂草

田间地头、路边、空地等，杂草生长在人类生活的地方。在人迹罕至的深山老林，则无法看到我们身边常见的杂草。

杂草离开人类后就无法生活，那么，在我们人类出现之前，杂草是在哪里生活的呢？

据说，杂草的起源可以上溯至冰河时期。

不善于竞争的杂草，无法在其他植物生长的地方存活。到了冰河期，气候变得不稳定，同时，造山运动形成了各种各样的地形。洪水过后的河岸，山体塌方后的斜坡，大自然偶然形成的这些不毛之地，成了杂草祖先的栖居之处。在人类尚未诞生的时代，它们只能生活在这些极为有限的特殊区域。

然而，人类出现后，它们的生活范围发生了根本变化。

人类改变了自然环境，制造出了强大植物无法生存的环境。人类开始农耕，形成村落后，那里就成了杂草们的安居之处。

在欧洲的新石器时代遗迹中，人们发现了杂草的种子。这意味着，人类形成村落开启人类历史之初，就已有了路边杂草的踪迹。农耕开始后，在村子里生活的杂草也部分地侵入到了农田。

不过，人类居住的地方，其实并不适合植物生存。于是，为了适应农耕作业与除草等人类的生活，杂草实现了进化，最终繁荣至今。杂草伴随着人类一路而来，如今，它已经进化得离开人类就无法生存。

在漫长的历史中，人类对野生植物进行了改良，创造出了众多的庄稼与蔬菜。看起来似乎在肆意生长的杂草，其实也是人类创造出来的植物。

除草剂的开发

为了终结人类与杂草之间无休无止的战斗，人类制造出了终极武器——除草剂。

除草剂的历史并不太长。除草剂有多个源头，最开始被广泛使用的，是第二次世界大战期间英国开发的名为"24D"的产品。

除草剂需要在不伤害庄稼的情况下使杂草枯掉。24D对双子叶植物有效，对禾本科植物却没有影响。因此，它被使用于小麦和玉米的栽培。

在此之后，各种各样的除草剂被开发出来。

除草剂的登场，减少了人们遭受的杂草困扰。以前人们需要反复地用手去拔草，如今只要轻轻松松地喷洒一下除草剂就可以了。

除草剂登场后，赶走了不少杂草。近年，日本环境省公布了濒临灭绝的动植物红色名单，杂草居然也名列其中。可以说，除草剂才是可以大声宣告人类对杂草战争胜利的产物。

超级杂草的登场

但是，战斗并没有就此终结。

面对除草剂的迫害，杂草们一直在寻找反击的机会。最终，出现了喷洒除草剂后也可以存活的变异杂草。

一般认为，对于农药的抗性虽然在菌类与昆虫中广泛可见，但是在更新换代不如菌类与昆虫迅速的植物中并不发达。然而，被赶入绝境的杂草颠覆了这种定论，最终创造出了"超级杂草"。

人类一味地依赖除草剂，于是，杂草不再需要发展其他生存战略，只需应对除草剂就可以了。这些连除草剂也无可奈何的杂草，被称为"超级杂草"。

尤其让人头疼的，是被称为"草甘膦抗性"的杂草。

"农达"是一种以草甘膦为主要成分的除草剂，它对环境影响较小，安全性较高。但是，农达的缺点在于它会让所有的植物都枯萎掉。

如何在不伤害农作物的情况下使杂草枯萎，这成了使用农达的关键条件。如果连宝贵的庄稼也枯萎了，那么除草就毫无意义了。因此，人类通过基因修改，创造出了不惧农达的品种。于是，人们就可以在种植庄稼的地方放心地使用农达。

由于这种除草剂的使用，田里的杂草消失了，农业中的杂草问题似乎也由此解决了。然而，没过多久，就出现了连这种可以使一切植物枯萎的农达也无可奈何的杂草，这就是"草甘膦抗性"杂草。如今，这种杂草正在肆意蔓延。

针对这种除草剂也无可奈何的杂草，人们正在研究对策，控制杂草入侵，例如，不依赖除草剂，多翻地，注意种植时期等等。

人类的耕作史，也可以说是一部与杂草的战斗史。不管在哪个时代，人类与杂草的战斗都未曾停息过。即使到了科学发达的21世纪，这也没有丝毫改变。杂草与人类的斗智斗勇，今后仍然会持续下去。只要人类持续繁荣，杂草也将繁荣下去。

看来，人类与杂草的战斗，将永无止境。

敌人也忍不住叫好

人们把那些默默努力的普通人称为"杂草军团"。

"杂草军团"这一称呼没有丝毫贬义，相反，人们对"温室中长大的精英集团"嗤之以鼻。对于那些在历经辛苦之后终获成功的"杂草",人们总会不由得感叹,慷慨地拍手叫好。

这太不可思议了。杂草是很难缠的,人们一直在与杂草进行着激烈的战斗。那么,人们怎么会赋予杂草这么好的形象呢?

不过,据我所知,正如"杂草军团""杂草魂"这些词所反映的,对杂草持有好感的似乎只有日本人。

那么,为什么日本人会对杂草有好感呢?

要说日本的杂草不如国外那么棘手,好像也并非如此。日本的杂草,甚至可以说是尤其棘手。

在高温多湿的日本,杂草很快就会长出来。如果连续几个月不拔草,田地很快会被杂草覆盖。院子里的草总是无法除干净。公园与公路的两侧,每年都要除好几次草,花费数额不菲的预算。对农业而言,杂草的问题更为严重。在高温多湿气候中的日本农业,其历史可以说就是与杂草战斗的历史。另一方面,在欧美国家,杂草则不如日本这么容易生长。日本人多年来一直苦于杂草之扰。那么，为什么日本人还会喜爱作为困扰的杂草呢？

对于西方人而言，自然是与人类相对立的、应该加以征服的对象。西方人一直在努力挑战、克服自然。但是，在高温多湿、植物生长迅猛的日本，自然在给人们带来恩惠的同时，也时常作为威胁侵袭而来。因此，在神奇的大自然面前，日本人需要全力以赴。

那么，结果怎样呢？经历了残酷的战斗，人们不得不对自然怀有敬意。对于日本人而言，杂草既是棘手的敌人，也是很好的竞争对手。

在电视剧中经常能看到，战斗中会产生深厚的友谊。

人类与杂草在战斗中也不禁惺惺相惜。

虽然是敌人，也不由得拍手称快。在欣赏彼此强大的同时，人类与植物的战斗还将一直持续下去。

在战斗中（后记）

大自然是"弱肉强食""适者生存"的世界。当然，也就不会有规则与道德。所有的生物都自私自利，它们互相伤害，尔虞我诈，相互厮杀，进行着无休无止的战斗。自然界的战斗残酷无情，不是你死就是我亡。

在这杀伐不息的自然界中，植物最终到达的是何种境地呢？

与菌类战斗后，植物并没有阻挡菌类的入侵，而是选择了与它们共生的道路。

经历了与昆虫的战斗，植物不再阻止花粉被吃掉，它们实现了利用吃花粉的昆虫为自己运送花粉的互利共生伙伴关系。

与动物战斗之后，植物没有阻止动物来吃子房，它们想出了利用守护胚珠的子房的方法。它们使子房肥大，结出果实，为动物与鸟类提供食物，从而使它们为自己运送种子。

植物不仅与强大的敌人进行战斗，它们还尝试利用敌人的力量。战斗结束后，植物与敌人实现了对双方都有利的共存关系。

在杀伐不止的自然界，植物是怎样实现与对手同盟的呢？

为了与菌类实现共存，植物首先把菌类请到了体内。为了实现与昆虫的共存，植物允许它们吃自己的花粉，还备好了花蜜供昆虫享用。为了请鸟类与动物来为自己运送种子，它们先将自己的果实作为礼物馈赠给对方。

为了构建与其他生物的共存关系，植物所做的，其实就是优先考虑对方的利益，也就是"先付出"。

"先给予吧，然后你才会得到！"在耶稣诞生之前的遥远古昔，植物就已经到达了这一境界。

另一方面，我们人类是如何做的呢？

人类不同。自然界是"弱肉强食""适者生

存"，绝不会像植物那么天真地说什么"共存"。

人类已经征服了整个大自然。我们已将其他生物攻击得体无完肤。如今，每天被人类赶入绝境的生物多达100种。在这严酷的大自然中，我们即将取得胜利。

不仅如此。

如今的地球环境是植物的祖先随意改变而成的。

植物吸收了曾经布满全球的二氧化碳气体，制造出了氧气这种有害物质。在长达30亿年的岁月里，它们不停地排放氧气，最终，多余的氧气成为臭氧，形成了覆盖全球的臭氧层。

其结果是怎样的呢？利用氧气的生物实现了进化。由于臭氧层的保护，照射到地球上的有害物质紫外线减少了，地上出现了多种生物，最终形成了丰富多样的生态系统。

因此我们可以说，自然界其实是由植物创造的。

然而，人类正在努力地将植物随意创造的地球环境恢复到本来的样子。

人类燃烧化石燃料，排放二氧化碳，努力使地球气温变暖。二氧化碳浓度高且温暖的环境，不正是植物诞生之前的原始地球环境吗？

人类还致力于排出氟利昂气体，破坏植物创造出来的臭氧层。在人类的不懈努力下，据说臭氧层已经出现了巨大的空洞。像植物诞生之前那样，有害的紫外线倾泻到地球上，如今已经只是时间问题了吧。

地球上本来不存在任何生物。人类砍伐森林的树木，夺走生物的栖息之所，在与植物的战斗中所向披靡。不久，人类会把所有的生物赶尽杀绝，大概最终会使它们都灭绝吧。如果这样的话，那也许就可以恢复到生命诞生之前的地球环境了。

植物所改变的地球环境，在人类力量的影响下，不久又将恢复到本来的面目。

到底是选择与其他生物共存的植物对了呢，还是不许其他生物生存将其灭绝的人类正确呢？答案不久将会揭晓。

在地球的历史上，围绕植物曾发生过无数次的战斗。如今，人类即将取得最终的胜利。

那么，作为胜利者的人类，究竟将会获得一个怎样的世界呢？到时候人类将过着怎样的生活呢？

致谢

　　最后，在本书出版之际，谨向为本书绘制插图的小堀文彦先生，以及为本书付出努力的筑摩书房的天野裕子女生致以深切的谢意。